骗子来到南方

The Liar Came to the South

阿乙

译林出版社

寓言

严酷的事实 — 197
大坝 — 204
想学魔法的孩子 — 216
追赶一只兔子 — 224

故事新编

愤怒 — 235
育婴堂 — 262

目录

短章

用进废退 — 3

剩渣 — 9

钩子 — 19

表妹 — 24

短篇

生活风格 — 37

浮想 — 66

中篇

骗子来到南方 — 81

* 短章 *

用进废退

拓跋晓春是纯文学刊物《高山》的执行主编，住在常营。二〇一八年十月二日，我们约在常营万象天地的漫咖啡见面，时间是午后二时三十分。虽然只是临时约定，但我感觉等待这一天已经很久了。

我常为如何用掉自己犯愁。

我是在五年前失业的，也有可能是不愿再去工作。总之一直待在家中，背朝黄土面朝天地生活，也就是睡了吃、吃了睡。初期，常会在一阵焦躁中醒来，觉得会迟到，醒来明白并没有工作后，会微微感到失落。不过在想到没有工作（正如贫穷和死亡）是每个人都有的归宿后，心里也就安然了。

中午十二时三十分，我看见太太在往皮箱收拾换洗衣服，便问："不是明天出发吗？"太太说："是明天到，不是明天出发。我就知道你不记得。今晚七点二十分的飞机飞武汉，在武汉住一晚，明天换乘火车再去瑞昌。"我因此想到下午的约定，不至于要取消，提前一小时开始，提前一小时结束就好。这时我收到拓跋晓春的微信留言：“我们一点半见。”我认为没有必要指出他的错误。我这么回：“嗯，咱一点半准时见。”

一时二十分左右，太太驾车将我送到万象天地的漫咖啡门口。我看见玻璃门后挂着一把U形锁，弄不清是停业还是只是暂停营业。这都不重要。我得在附近找到一家还在营业的咖啡馆。找到再通知对方，这是我的习性。我不想在事情上多做纠缠。太太搜索到附近有三家：咖啡陪你、中信书店、西西弗书店，都有售咖啡。我请她带我去咖啡陪你。到达并与太太辞别后，我看见拓跋晓春迎出来，将我让进店内。我感觉有点蹊跷。我并不是为晓春预知我要来这儿而感觉蹊跷，而是为自己并不为这件事吃惊而感觉蹊跷。

晓春穿一件红色长袖的T恤衫，戴一副圆框眼镜。有时我能看见镜片后那犹如凝固了的涟漪的圆弧，这说明眼镜的度数很高。晓春留着寸头，脸较以前更清瘦，最边上的牙少了一颗。人们之所以愿意和晓春交往，是因为他总是将愤怒、委屈和埋怨控制在最小的范围，让你感觉不到。对我们来说很可能是要掀桌子以示自己存在的事，在他那儿只会轻皱眉头。我们常说，拓跋晓春是一个体面的人。现在他身上肩负着三份工作，除开服役于《高山》杂志，还在“正午”APP做轮值主编，以及给“轻芒”APP当顾问。我们不可避免地聊到他所属的族群。尽管这些我们早已知道七八分，但还是会去问，比如还剩多少人口，还有没有人使用原来的语言，以及一些着装情况。晓春的回答比我们了解到的还要悲观。他说一切、全部、所有，如今只剩下姓上面的两个字：拓跋。而且是汉字。他很难想象自己的祖先骑着马跟随畜群迁移是种什么状态。他听老人说，每一个姓拓跋的人都会在生命的某一天碰见一个手持金锤的祖先，要么是在街市，要么是在海边，后者骑着一匹高大的马。越来越多的人说看见了。他们对来自祖先的使者的描述不是奔向分散，而是归于统一。这是个长着荒唐的大肚子的老头儿，虽然持锤，然而并不使你害怕。他手臂上的皮一层一层早已松弛，好似风吹皱的秋水。他挺着鸡卵般的眼球平静地看自己的后裔，似乎有很多哀伤，然而来自种族的特性又不允许他表露这种哀伤。马交替踏下蹄子，打响鼻时喷出的气息让人难闻。在这样一会儿之后，它载着主人转身飞纵而去。不过晓春并没有看见。

我是在五年前被迫戒烟的。人们说这是一个人身上具有可怕意志力的证明，在得知我是摩羯座之后，就更加确信了。不过这可能是仅有的证明。戒烟后，我的生活变得空荡荡。感觉脑子里有一只怪兽或者说是神，每隔一段时间就来催索什么。往日我深吸一口烟，就能觉察到它的满足。这种满足甚至有些过分。后来我用了五六种方式来对付它，但都不够意思。喝咖啡是最接近的一种。它们——我指的是美式、拿铁、卡布奇诺、摩卡、浓缩——各有各的缺陷。我每次喝当中的一种都会感到后悔。我在这天要的是卡布奇诺，之所以点是因为几天前在一个咖啡店看见四个外国老人都点了它。老人犹如老马，意味着经验和认识路。我喝了几口，咽喉那儿有潴淤逼塞之感，且开始容易说错话。我决定再也不碰这种液面会拉出叶子图形的咖啡了。

我总是容易为事情感到沮丧，或者说是容易体验到事物令人沮丧的一面。坐在对面的晓春恰好相反。我在这个世界得到的比他多，但远不如他幸福。我们聊到作者的真诚。我记得在说到这句话时，晓春停了下来。他是这样说的："作家，是应该写自己的感受，还是应该写别人的感受，或者是写误以为是别人感受的感受，这是一个问题。"他边说边陷入对另外一件事的思索，我感觉他是为着尽一种义务才将这句话说完的。好比是船在蓝色的海面上下了帆，或者工厂的机器断了电正在完成最后几圈空转，我们繁冗热闹的对话突然进入宁静状态。

后来我想，正是因为这句话在小聪明和庄重方面同样突出，在所有话当中看起来是如此不同，使晓春意识到自己过去说过它。他之所以拖慢说完这句话的节奏，并不见得是为尽一种义务，很可能是为了和过去的自己同步，好形成和声的效果。有两个晓春，在相同的咖啡馆，相同的时光，面对相同的听者，说了相同的话。“我不知道你有没有过这种体验？就是你正在说话或做事的时候，突然意识到这件事你经历过。”晓春说。就连这样的感慨我也听过。我感觉记忆的空格被一块块填满。在服务员端着一杯倒得并不是太满的啤酒走过来时，我身手敏捷地抽出三张抽纸。她果然让酒泼在大理石桌面，与此同时我已经擦干了酒渍。在一部电影里好像有类似的细节。

“我经常有（这种体验），特别是前几年。”晓春说，“我找人研究了这个问题，并且翻了资料。一种解释是，确实是有平行宇宙的存在，在那一瞬间，平行宇宙交叉了。另一种解释是大脑皮层有生物电，它一直在正常运行。但有时它也会短路（回路），会给你一个错误的指令，让你以为这件事发生过。其实并没有。”

最后几个字我是和他一起说出来的，我甚至模仿了他的声调。我完全记起来了。我们将在下午四时散伙。他以及好像是专为这件事做证而赶来的作家孙一圣一起，将我送到常营地铁站。记忆被完全唤醒，更多事来到我心中。在走进车厢后，我流下热泪。一些乘客吃惊地瞧向我。“我可怜的兄弟们啊，我的眼泪同样为你们而流。”我在心里对他们说。我没有告诉晓春一件事，正是忍住不说让我如今痛不欲生。我想乘客们都看见了我在哭泣时双臂发生的剧烈颤抖。这件事就发生在不远的未来，不是五年后就是六年后，总之很快。我在一个四面墙都刷成乳白色的美术馆，看见身体两侧被割开很多伤口的晓春，被关在密闭的水箱内，正在游泳。对面是另外一只水箱，游着他相恋多年的女人。有时他们面朝下游，有时仰着游，有时一个飞蹿，有时像死了一样久久漂浮在一处。水箱底部堆着好几层灰色鹅卵石，一株绿色的水草随波漂荡。对他们来说，时间将是怎样的漫长和难挨啊。有时——他们在短时间内连续用额头或肩头撞击玻璃。没有革命和解放的可能。一旦囚禁，永远囚禁。所有不肯放弃肉身形式的人类都被人工智能处理成可供展览的艺术品。

我接受了它们的建议，变成一颗飞行速度比思想还快的尘埃（甚至比尘埃还要小一千倍的尘埃）。我每天在广阔天地间游荡。

完于2018年10月10日

剩 渣

昭丐者，吾乡后生。生活在县城农贸街的年轻人里，要数他最为精壮，用铜浇铁铸、虎背熊腰这样的词来形容恐不为过。他喜欢打篮球，每次运球杀向篮下，总是像小牛一样耸动肩部，撞翻一片。有时停水，他就去一公里外的水站，手拎两桶大号桶装水，一点也不气喘，可以说是闲庭信步地回来。在一起打毛线时，那些邻居问他妈妈——也就是来自南义镇的武姨——大家谁也不比谁富，缘何她就能把一个崽养得如此健壮威猛？她说我也没什么诀窍，就是每天给他吃鸡蛋、牛奶和苹果，他吃多少我买多少，尽他吃。

我回县城后，武姨找到我，说昭丐也要进京，我这个做哥的，理所当然地要对他这个老弟有所照应。因此也就有了数月后我和昭丐在工体附近一间酒吧象征性的见面。店内当时放着一些情感匮乏的老歌（一个女人几乎是在被迫完成任务那样漠然地唱："……今天的你们，听说已经是情人……感情不能两头分……不能爱也不敢恨……"），有一些又让人潸然泪下。会面过程中，昭丐尽量做到克制，可总还是忍不住拿起桌面上的苹果手机低头去玩。他玩得是那么老练那么驾轻就熟，有时甚至会表现出一种老用户才有的鄙夷。可要我说，直到昨天，他才算是拥有了这样一部智能手机。准是这样：一到北京，他就将武姨给他时反复叮嘱让他慢着点花的钱买了这款新机，同时将他爹传下的诺基亚8210丢进垃圾筒。他就这样两腿大大地分开，坐在我面前。裤子因为大腿肌肉过于鼓胀而绷得很紧。上身只穿了一件白色的西装，没有扣上，胸肌和乳头若隐若现，而腹肌和扁平的肚脐全然露出来。我几乎不能将目光移开。昭丐这天的眼神是那么明亮啊，脸上也没有一丝皱褶，整个人像是刚睡饱那样精力充沛。在酒吧的一整个下午，他都在用一种大人的腔调和我说话，对我提及的任何事都表现得跃跃欲试。我很理解他这种刚摆脱父母控制的心情，我也曾经这样，像刚出笼的鸟，带着解放的心情孤身赶赴城市。我记得在抵达城市门口时，自己仪式性十足地张开双臂，“啊”地长啸。在巴尔扎克的小说《高老头》里，外省人拉斯蒂涅也是这么欲火炎炎地说：“巴黎，现在让我们来拼一下吧。”今天，十九岁的武昭丐一跃而起，在楼台上对着整个北京城振起双臂，一连地低喊“come on，come on”。下来后，仿佛是在回应我的质疑，也像是在表明自己的心迹，他说：

“（我）别的本事没有，卵不就是还有一条？”

关于这次会面，我还记得问过他摄取营养方面的事，问他一天能吃多少，他说光是吃苹果，装化肥的蛇皮袋，一天能吃半袋左右。几年后，是啊，弹指一挥间，我因为在协和医院的门诊部挂不上号，便自费去它的国际医疗部就诊，不曾想在门前缓坡遇见昭丂这个失踪的熟人。他穿着病号服，正谨慎地一步一步挪动，做餐后的散步。在我印象中，昭丂有着举重运动员一样结实的身材，穿什么都应该是紧绷绷的，这天见到，他的衣服却显得特别宽松。他脸颊上原有的两块红晕永远地消失了，现在脸色惨白，眼周发黑，嘴唇发紫。最奇怪的是眉毛上挂着亮晶晶的霜。“我总是感觉屋内在吹空调，实际上却没有。”他哆哆嗦嗦地说。

我丝毫不能掩饰自己吃惊的心情，因此在大厅连排椅上坐下后，说：

“你这是怎么了？脸色这么差。”

“我就知道你会这样说，你们都是这样。”我听见他悲愤地反击道，“你们如果帮不上什么正忙，就不要帮倒忙。我脸色差要你说吗？就你眼尖？我需要你告诉我这个信息吗？你是不是还想说，我看起来就快要死了。我求求你们了，不会说话就不要说。你知道吗，从起床开始，我就怀疑自己的情况坏得没办法再坏，简直是坏透了，你知道我用了多久才能告诉自己，这种感觉是错的，是杞人忧天。可你一上来就告诉我，这不是什么错误，这就是事实。你叫我怎么想，啊，你说。你把我今天整整一天都毁了。”

我想读者诸君能够想象那一刻我的震惊了。我呆坐在那儿，一脸的火辣，后来听见他说“对不起”，我也一连声地说“对不起”。我想这对我是个教训。我说：“那我应该怎么说才好？”

“你应该说，啊，你今天气色看起来好极了。”他说。他并且说，他之所以得到这个床位，是因为前一个病友比计划时间提前死亡。当时医生一边翻化验单一边轻描淡写地说：“怎么重成这样了啊。”医生说完，病友就不行了。我们的这次会面没进行多久，就因为一个绿衣女人急匆匆赶来而被迫结束。她一走到昭丐面前就摘下墨镜，跪在地上抱住昭丐双腿，并且闭拢眼睛将耳朵贴住昭丐的膝盖。“哦，掰比掰比掰比我可怜的小掰比。”我听见她用嘶哑的声音连珠炮地倾诉，一边倾诉一边重新搂紧昭丐的双腿。这样差不多了，她才询问：“牛奶喝了吗？参水呢？营养针打了吗？”这是一个年龄上让人感觉高深莫测的女人。她的脸是彻底僵硬的，就好像万圣节戴着一副面具呢。在起身离去的那一刻，我俯视到她的头发夹杂着不少银丝。

又有年余，我和活着的昭丐有了最后一次见面。地点是在大望路一间只有几十平米的小公寓，墙面、天花板、窗框和地板被刷成胭脂红色，席梦思上的床单、被套、枕套及距此不远盖住长方形餐桌的桌布则是牙白色的。别无其他。给人的感觉是一个金屋藏娇的场所，一个温暖的洞穴。昭丂吸着氧，躺在床上，一息尚存。制氧机发出“噗噗”的声音。“你真傻，真傻。”武姨一边给儿子徒劳地擦蛇油膏（在他躺的地方，掉了一层麦片状的干皮），一边说。接着又对我说：“你看看他现在这个鬼样子。”此时的昭丂一只眼已瞎掉，光秃秃地露着，布满血丝，很吓人，另一只也好不了多少，只剩一点感光能力。头发和眉毛均已掉光，眉骨上眉毛生长过的痕迹都没了。上嘴唇溃烂几尽。口腔内剩得不多的牙齿好比是几块东倒西歪的墓碑，勉强插在牙床上。现在，一个人能瘦到什么程度，昭丂基本就瘦到什么程度。武姨掀开他的上衣时，我看见的差不多就是一张皮搭在拱起的骨架上。“那个可恶、可恨、可怕的女人把房租交到这个月月底就跑了，把我儿子一个人留在这里，畏罪潜逃。”武姨说。接着又说：“你说你，一个做哥的，我叫你关心照顾好这个老弟，你照顾到哪里去了。”一如她指责的，我对昭丂这些年在北京干了啥一无所知。如今，他的手放在一本自考书上，所以我知道他还没有中断在民办大学的课程。剩余时间可能是给富婆们提供一些性服务吧，我想。但在后来昭丂断断续续的讲述中我了解到事情并非如此。也就是通过他的讲述，我了解到这个世界已经进化到何种程度。我和武姨给昭丂翻身时，发现他腰上有一块通风管口那么大的伤口。这就是新时代一个女人和一个男人进行身体接触的方式，不是通过性器官，而是通过一个圆形伤口。元气从年轻男人的伤口出发，沿着管道向衰老的女人输送，使后者变得年轻。

几周后，我在八王坟的整形外科医院轻易见到了这台迅行王260抗衰机。它并不神秘，主体（分电机、滤机两块）有水泥搅拌机那么雄伟，两侧各连接一根直径五百六十毫米的茶色透明皮管，其中一根插入输入者体内（A管），另一根插入被输入者体内（B管）。输送过程中，滤机主要起到拦阻积气、积液、积血、脓液等废料的作用。因此，在运行过程中，我们往往看见A管的内壁是脏污的，而B管自始至终干净透明。“这没什么可遮掩的，也没什么好羞愧的，手术不但有完备的科学依据（它的理论来源是新加坡魏敷礼团队在《新英格兰医学杂志》上发表的三篇论文），而且完全合法。”毕业于同济医科大学的吴家霖博士说，“实际上它还反映了自由主义市场经济的精髓，即，基于自愿，一切都可以交易，包括一个人的器官以及健康。当然从国情出发——这也不是什么国情，而是差不多全世界都如此——我们目前采取的还是无偿捐献的方式。我们医院需要他们签署捐献同意书才能进行手术。他们私底下是否支付货币，则是他们自己的事。”

“做一次这样的手术，对捐献者的危害有多大呢？”我问。

“不是很大，这么说吧，假使一个人拥有的元气值是100，那么这样一次手术会导致他损失10，剩下的还有90。而且如果营养和锻炼跟上，这10%也不是说不能恢复。”他说。

昭丂的说法和吴博士差不多，第一次做的时候根本看不出有什么影响。手术次日，昭丂即去东单打球，虽然因为伤口原因，他只能一个人练习，还不敢参与对抗。第二次、第三次也看不出有什么损害。但是，在这样的输出累积到一定次数时，昭丂发现，自己只是戳了胸肌一下，那地方便像铁皮一样瘪了，不能复原，而且就连正常步行几百米也深感疲惫。这时昭丂才感到恐慌。“……因为她一次次求我。你也看到，她跪在地上，拖着膝盖，过来抱紧我双腿，哭着求我。有时在我长时间不答应后，她还会歇斯底里，将枕套撕开，抓出羽毛，抛撒得到处都是。一会儿将电视机砸坏，一会儿又摔杯子。要不呢，就爬到窗台上，摆出一副跳楼的架势。”在我质问他为何不拒绝这残忍的要求时，昭丂这样回答。“又不是我要这样。”年轻人随后补充道。

“要是给了钱还好说啊，做了这么多回，一分钱冇给啊。”武姨说。

从木乃伊一般的身躯内传出一声叹息，我听出叹息里充满一个儿子对来自乡下的母亲的评价。他是叹给我听的，意思是“你瞧瞧她，一点都不懂事理”。

“为了什么呢？”我问。

“爱。”他说。

“她比你大多少？”我说。

“不知道。”他说。

“比我都大，依我看，比我都大十好几岁。”武姨跺着脚说。

“也不见得十分老。”他说。

后来在武姨出门买饭时，昭丏猝然大哭，说自己曾亲见她——真名叫陈丽霞——伸手捞起一把泥浆一样调好的染发剂，对着下体糊起来。因此他判断她的耻毛都是白的。“……每次手术做完，她就站起来，抢过人家本就要递过来的镜子看自己。这时——难以想象啊，只是一节课的工夫——她完全变成另外一个人。原本又干又老的皮肤焕发出晶莹的光彩，毛孔里渗出清香。白头毛变黑，生长得特别浓密。原本耷拉着的眼皮撑开，眼珠子又大又亮。腰身也变细。腿部变得修长。她看起来只有十八九岁。‘真实吗，你们的镜子真实吗？’每次她都要问。在得到肯定答复后，她咬住下嘴唇，试图控制住欢喜的心情。可这怎么控制得了。因此她很快破罐子破摔，粗鲁地笑起来。随即她走向衣帽间，一边打电话一边穿起备好的少女衣装，迫不及待地走了。她要返回属于她的名流圈子，去酒会、趴体还有电视里。离别前，她总会乜斜着眼，匆匆看我一下。一般当晚我就能看见她在电视上，和那个怎么也不老的两个字的男主持人聊天。这个男人就像是她的闺密一样抓着她的手，亲热地说，玛丽姐又变得年轻了，玛丽姐在这段消失的时间又去哪个国家度假了。”昭丐说。

“实际上，是因为美貌在衰退，她又躲起来了。一般是躲到这里来。啊，她将自己分得是那么清楚呀，将年轻美丽的自己交给社交圈，而将衰老丑陋的自己交给我。”昭丐接着说，“这样的衰退一次比一次早，一次比一次迅速，也一次比一次彻底。原本一次手术能管两个月，以后只管一个半月、一个月、二十天、十几天。而且，她比不做手术时的自己还要老迈，全身散发出一股难闻的尸臭。我常听见她在黑暗的角落叹息。她不吃也不喝。有时因为排便需要她会路过我，这时通过开门所泄进的一点光，我看见她的头发被扯乱，泪水在被抓伤的坑坑洼洼的脸上流淌。有时她会嚎叫，并且朝我发怒。我大约猜出来，她是在怪我这个供体所提供的元气已经越来越水越来越不纯粹了。这能怪我么。我只是做了我应该做的。我奉献了我的一切。我不能奉献得更多。不能永远奉献一个活力四射的十九岁的自己。我已经被抽干了。这不能怪我。以后，事情又会重演，她开始求我。有时就在发火之后求我。前一分钟还用高跟鞋踹我，后一分钟就抱着我恳求我再帮她这一次。‘最后一次，就一次。’她说。很明显，她认为自己怎么样都能吃定我。实际上也是如此。而只要我一同意，门外就会响起汽车的点火声。我们就会出发，去那家医院。”

“你们是怎么认识的？”我问。

“通过网络聊天认识的，当天约在一间酒吧见面。我没见过这么美的女人，也没见过穿着这么好的女人。我的心一直在怦怦地跳。从她开口说第一句话开始，我就像一条狗一样听从她了。”他说。

我是在昭丐火化后去的那家整形外科医院。武昭丐的尸体让我想起古书里提及的“菜人”。不久以后，有一家自媒体报道，在京郊一间废弃仓库发现多具男性干尸，“就像塑胶模特一样横七竖八叠放着”，疑与此类抗衰手术有关。而我们知道，自媒体说的事不能全信。面对我的疑问，吴家霖博士说，同一个受体和同一个供体多次进行该手术确会导致手术效果变差。他开玩笑说，衰老，这一人类顽固的敌人，可能对它有了耐受力。

完于2017年12月16日

钩　子

眩潭人夏泽柱，婚后不久，被召至在卫生院住院的伯公面前。夏泽柱还记得当他向没有牙齿的伯公喂食参水时，后者伸颈，大张两唇，然后紧紧含住调羹的样子。有时，为增进从孙对自己所述故事的了解，伯公还会尝试抬起小臂。这时的伯公心情既焦灼又兴奋，和平生敦慎温谨的他可不一样。伯公说，你是一个甲子以来这件事唯一的听者，而他则是上一个甲子里这样的人。上一个讲述者是他的祖父，也就是夏泽柱的高祖父。伯公说，你念过书，所以讲给你听。夏泽柱联想到，伯公也是他们那辈里念过书的。要到听完故事，夏泽柱才了解到其中的用意。讲述完毕后，伯公倦怠至极，但还是就几处细节做出补充。不久伯公死去，火葬场的化妆工人用针线将他的嘴唇缝紧。

婚前，夏泽柱一直为自己这支不足四十户的家族的神秘来历所困扰。他们姓夏，然而和其他地方的夏姓人完全不同。根据他的说法，将近两百年前，他们唯一可考的祖先雨滴公在隐避于此地后，给自己的后裔创下一个奇怪的姓：下。这似乎是一个潦草的决定，甚至像恶作剧。至于雨滴公自己姓什么，原籍何处，则无从知晓。夏泽柱有时猜测自己是一名绿林人的后代（后来在垂死的伯公那里，这一猜想得到证实）。一九六五年，横港公社的干部在细线般的山道上跋涉整日，找到眩潭这个地方，当时有三户还在穴居。根据干部的建议，眩潭人更姓为夏。后来夏泽柱在入党申请书上签名为“下泽柱”时，还被批评是在态度上不庄重。有人解围说，夏泽柱使用的不过是已废弃的“二简字”。

伯公所秘授的故事，在夏泽柱的印象里像一块斑斓而残缺不全的布料。夏泽柱仍然没有掌握雨滴公的身世，不过多少还是了解到他为什么要隐避此地以及他在隐避前都干了什么。在人心躁动的傍晚，雨滴公用私刑处死异姓兄弟不灭。他将弓套在不灭的颈部，按照条例所规定的，双手抓住弓把的两端，一共旋转十六圈，直至收紧的弓弦将不灭勒死。此前，在争执过程中，不灭以匕首将他们的另一名兄弟栋梁戳死。加上被政府枭首示众的馥月，这个叫“右手”的匪伙，其主事人五死其三，从此便像在水流中盘旋的土块一样，分解、消失于人间。

匪伙的规模有多大，以及它造成的影响有多广，在伯公的讲述中缺乏细致的描述，不过可以通过当时政府的反应揣测一二。几乎在抓捕到匪首馥月的同时，便有一匹邀赏的快马驰往督署。此后，鞫讯每有进展，便有信使驰奔于驿道。有时，使者项背相望，奔马的啼声彼此相闻。馥月被抓时显得极为平静，不但没有做出任何反抗，甚至在被捆绑时还配合地伸出两手。后来，雨滴公想馥月这个时刻应该是在思考一个问题：有一个内部人出卖了他。换句话说，他被使了钩子。政府在策反此人时付出极大的耐心，如今瓜熟蒂落。馥月很肯定地知道此人是谁，然而在长久的受审及坐狱过程中，他却缺乏将这个令他悲痛以致夜不能寐的情报输送出去的机会。

他的名字——原来叫斧钺——预示了他死亡的方式。在那个提前下雪的日子，刽子手将他拖到一块扫好的空地上，让他的头侧向贴住那显现出可怕年轮的木桩，然后朝他脖子吐唾沫，拿手擦来擦去。行刑后，馥月的头滚落一旁，刽子手大喊他的名字，于是在场者均看见他紧闭的眼睛睁开，甚至转动起来，以寻找呼喊的人。一会儿，就在那对眼皮又要闭上时，刽子手再次大喊，因此那双眼睛又睁开。但在睁到一半时，眼珠就永远停在那儿了。这是当日被传出来的事情之一。另外一件事则是在行刑前，馥月喊叫着要早些去和地府的那些兄弟相会，当晚就把酒斟上。（这句话仿佛是赴死前的斯巴达国王列奥尼达的一句话的回音。记载温泉关之役的文章和书籍，往往注重于这一细节：在与强大的波斯人决战前，列奥尼达和士卒用膳，说，好好吃顿早饭，今晚我们将在地府聚餐。可惜的是，我在翻查希罗多德《历史》时，没有找到这一段落。）然而在刽子手带着世袭的一身寒气，拖着一把总有一头猪那么大的斧子赶来时，他却变得贪生怕死。他哭泣着恳求不要就这么弄死他。为此他提出一些荒唐的要求，最后提出的一个要求还算正常，因为他已经不要求免除死刑，而只是要求政府在处死他前，用红漆在他胸前写一个骄傲的“人”字。政府没有答应他的这个要求。

馥月有四个异姓兄弟，分别是栋梁、雨滴、不灭（原取名灯烛）、田园，平日互称金老、木老、水老、火老、土老。馥月死后约两月，他在刑场上的事迹传出来。也许是目击者忘记了政府的一再叮嘱，也许是他觉得这样的谨慎时过境迁，已经没什么意义，又或许是他觉得自己当初的所见所闻根本就算不上什么秘密。消息给不灭带来极大的恐慌。他将兄弟中最为聪敏的栋梁（人称“足智星”）仓促杀害，他指斥栋梁试图取代馥月的位置。率先明白过来的是夏泽柱的祖上雨滴公。他相信，明白的人会越来越多，这种明白就像厉害的瘟疫，用不上半天，就会在匪伙里传遍。是雨滴公找来一把弓，将走投无路的不灭处死。而在当初改换灯烛一名为不灭时，其用意竟是：虽雨中灯不灭。乙，我想你也是读书人，是咱班里唯一读到省里的，现在又在北京发展，因此你不会不懂得这中间的奥秘。几乎和雨滴公同时代，我们江西抚州出过一位诗人，叫梦花楼主。他所记载的一桩传闻，证明在这个宇宙里永远没有孤独的事：过去，在长安市中起火之前，曾预言性地走过一位裸露上身的羽士，其两乳间恰恰也写着一个醒目的“人”字。

夏泽柱说，现在眩潭的人都在挖山，很多打工的人也回来挖，试图找出雨滴公可能埋藏的宝物。

完于2017年4月20日

表　妹

鸿益镇建在大山中间的一块旷地上。按照规划，原本要夹道建起两排商铺，道路也要铺沥青。后来沥青没有铺，商铺也只建了一边。小谈的杂货店就占了其中一间。小谈幼失怙恃，没有田。因为没有田，人们想办法，介绍他到镇上单位做事。有时烧火，有时打扫街道，有时做联防队员。后来，邮递员柯恒昌请他过去看店。某天，柯恒昌和至交王副书记在店前下棋。小谈提着酒壶过来筛酒，听见柯恒昌大手一挥，说："送了。"

"送什么？"小谈问。

"把这店送你了啊，小谈。"王副书记说。

"啊？"小谈感到不可思议。

"真送？"这时王副书记问柯恒昌。

柯恒昌迟疑了有一分多钟，拍桌子说："送了。"

柯恒昌将杂货店送给小谈，除开有王副书记的撺掇，还因为店铺本身不大。店铺面积不足十平方米，用帷帘分隔成大致相当的两个区域，前边营业，后边生活。在营业区的前方，摆放着玻璃柜台，内有搁架，陈设着香烟、火机、作业本。柜台上安放着电话机和台秤。帷帘前立着一个货架，摆放饮料、白酒、酱油、八宝粥、洗衣粉、牙膏、牙刷等一应商品。另外，墙上还钉着搁板，也会放一些商品。蚊香点着后，也放在隔板上。店门是十四块樟木做的木板，分别写着东一、东二、东三、东四、东五、东六、东七、西一、西二、西三、西四、西五、西六、西七。每天关门时，都要抓着木板，对准上下两道凹槽，将它们依次推送进去，然后里边再上闩。后边生活区，摆着一张木板床，床边立着带拉链的简易衣柜。墙上的石灰已有部分拆裂。墙面有柯恒昌留下的墨迹：神台桔、箩底橙、吃剩蔗、老童女。另外墙上钉着一面带置物架的塑料壁挂镜。后门是一扇带合页的木门，刷着一层浅蓝色的漆。后门通往一个院子，院子里有带摇水泵的水井，井边有洗衣池。洗衣池边搁着灶台和煤气罐。偶尔小谈用它来做饭，更多时候他吃方便面或卖不掉的食品了事。院子里还有菜地，种着青菜白菜。院子的围墙是由红砖垒砌而成的，墙顶嵌着碎玻璃。有一年下雪，竟然把一半的墙压倒了。到现在还没有重修。晚上，小谈会对着夜壶解小手，清晨就倒在菜地。大手要到附近单位厕所去解。

小谈长着一身瘦骨，下颏蓄着稀疏的三角形胡子，常年穿一件显大的青色西服，里边搭配一件毛线织的坎肩。脚上蹬一双鞋面打皱的黑皮鞋。裤腰的袢带上吊着一串钥匙。人不爱说话。他也不去县里打货，就是把钱和纸条交给中巴司机。司机把车停在县城停车场后，把钱和纸条交给四季春批发部。批发部把小谈需要的货物送到停车场，并且帮助在车顶捆扎好。过去老柯柯恒昌就是这么干的。现在小谈也这么干。

话说这一天，白天就要过渡到黑夜，盆地笼罩在一片烟气中。鸿益镇的单位和店铺次第关门，小谈揪着过期面包吃，也要打烊。从通往集镇的马路上走来一名年轻的女子。她蹀躞而行。小谈在将门板往凹槽里塞时，感觉从烟雾中挪动过来的是一座摇晃的肉塔。她就有这么胖。又高大又胖。胳膊比电线杆子要大。大腿有人们往井里打水的桶子那么粗。因为太粗，金绿色裤子上的裤线已经迸裂。她的脸像一只上窄下宽的石锁。她艰难地挪上杂货店前的阶蹬。她先挪上右腿，再把左腿提上来。扶着腿站立片刻后，再往上挪动右腿。站到店前时，她两手捏着上衣的下摆，朝肚皮上扇风。汗水濡湿她的额头和脖子，并且在褶子上停留，形成一条发亮的细线。稀少并且发黄的头发湿透了，粘在头皮上。小谈当时还剩四块门板没有插进去，女子是活活挤进去的。她开始想正面往里挤，未遂后改为侧面。挤到一半，还是小谈扯住她的胳臂，将她扯进去。她的人就有这么粗。

之前，她站在门口，说："你是明雷老表吗？"

"你是——" 小谈问。

"我是熊家山的云霞。"

"云霞？"

"按理，我应该算是你的表妹。"

于是小谈记起来，不知是太爷这一辈的哪一位太姑婆，还是爷爷这一辈的哪一位姑婆，总之，谈家有这么一个女儿，是嫁到熊家山的。并且留下了后裔。不过云霞这个名字是第一次听说。之前谁会告诉他还有一个表妹叫云霞呢。过年都不来往的。想来，云霞在来鸿益镇之前，她家里的人也是凑了很久，并且找人打听，才知道这里有一个表哥叫谈明雷。

"家里人跟我说，要是走累了，就在你这里歇一夜。"云霞说。

"也行。"小谈说。

小谈把剩余的门板插进去，闩门时听见外边有几个小孩奔跑的声音，他们一边跑一边笑。一定是察觉到有一个女子趁着暮色进入了杂货店。小谈对着门外喊："我戳你娘的贱瘪眼。"孩子们的笑声因此变得更大。小谈从货架取出新的毛巾，拆开一块舒肤佳肥皂（自己用的那块已经只剩一块薄片，她用过这块之后自己还可以接着用），和自己用的洗发水一起，放在洗衣池上搁着的脸盆里，递给她。想想她可能不会取水，又从水井摇出大半桶水来。也许女人喜欢温水，就又用热得快烧了开水，掺在冷水里。这样好了，小谈拉上帷帘，站在玻璃柜台前算账。他把一个个数字清清楚楚地摁进计算器，加减乘除的算法也得当，却不知道自己在算什么。他只好命令自己认真起来，再算一遍。店里只有一盏灯泡，照着两个区域。有一些扑火蛾飞聚在那里，只不过数量相较以前少了很多。熊家山的云霞就着照射到院子的灯光，站在洗衣池边拧干浸湿的毛巾，撩起衣服，擦拭腋窝和乳下的汗液。因为背部够不着，她呼唤："老表。"叫了十几声，小谈从那逐渐升高但仍然显得很小的声音里，分辨出是在叫自己，问："是叫我吗？"对方回答："是呢。"于是小谈穿过帷帘和床铺，来到后院。云霞说："我擦不着，你帮我擦擦吧。"她撩起上衣，双手扶着洗衣池的边沿上，背对着小谈。几乎在她撩起上衣的同时，小谈瞧见一层层环状的肉显出来。因为地球引力，每层肉都往下沉坠，显得扁塌。小谈翻起这些肉，找到褶子上的泥条，仔细擦拭。有的泥条过大，小谈还抹在手上搓捻。小谈在她腰上看见一道红印，想来是刚刚挤进前门时擦伤了。云霞翻下衣服，说"谢谢老表"时，小谈退回去，拉好帷帘，站在柜台前。逐渐听见舀水、洗头、洗脸、洗脚、水倒在地上的声音。后来云霞闩上后门，走到床边，对着壁挂镜化妆、搽香。事情虽然没有几项，但进行得极为漫长。

等到小谈进来，已到亥时了。

小谈发现她的头发显得蓬松，应该是用他晾在外边的擦脚毛巾擦干了。眉毛画了浓浓的两道。眼角和两颊涂上了胭脂。她坐在床的一边时，另一边的床板翘起来。小谈只好用他的体重把它压下去。这样他们就得聊天了。小谈说话时，云霞抬头看着窗外漆黑的暮色，有时低头。小谈每说完一句她都回应："是吗？"有时她也偏过头来，用一对丹凤眼看自己的表哥。小谈很快说完一堆话，于是静静坐在那里，等待脑子里像储水一样储好新的一堆话。他自忖这些话没有什么是不重要的。后来他发现云霞放在床沿的左手手背上有一只死蛾。他俯身吹走它，同时用自己的右手盖住她的左手。嗣后又捏住或者说握住她的这只手。她没有抽开它，而是面不改色地听他继续说话。小谈几乎将她的手捏出汗来，仍然在郑重其事地讲话。即使呀，他鼓足勇气挨过去，抱着她要亲嘴了，还要把那没说完的事说完。她闭上眼，往床上躺，从床板那里发出咯吱咯吱的声响。这块床板盛起小谈绰绰有余，现在躺着两个人，就像架在沟渠之间的跳板，因为无法承重，而弯起来，变得颤颤晃晃。在云霞的协助下，小谈脱掉她的衣裤。她的两只乳房有脸盆那么大，乳晕隆起，像一块因为发霉而变黑的柿饼，上面长满小凸点。下身没什么阴毛，就是几根稀疏的黄毛，东倒西歪地翘立着。起先她捂着，不让他看粉扑扑的那里。后来移开手。但在移开的同时，她揿灭了灯。

小谈感觉自己扑上的是床上的另一张床，棉被上的另一层棉被。扑进去的是深不见底的棉花、海绵或者沼泽。他在里面坠落，直到被一种力量顶住。他每次往下压，身体都会自动往上弹回来一点。她在下边老气横秋地哼叫着。哼了一会儿，大概因为旅途劳瘁，睡过去了。过一会儿又醒过来，抱住小谈，用指尖轻刮他的脊背，一遍又一遍。交配时，小谈管不住自己的嘴，频繁许诺和唱赞。比如“我说你怎么长得这么好，(这)都是有根的。皮肤这么白，(这)都是有根的。熊家山的水那么好。俺们谈家的遗传也好”，比如“俺俩要是结婚，亲上加亲。生一个小孩一定又漂亮又可爱”，比如“我一定常年守着你，和你过日子，你做老板娘我去打货”，还比如“我从来冇这样喜欢过一个人，你看我撑在床上的两只手臂，不住地在打抖呢”。他就是这样，为了一场小小的性爱而许下比天还大的诺言。云霞有时会回答：“是吗，你说的都是真的吗？”小谈举起手，说：“我以救我命的牛发誓，这都是真的。我要说半句假话，情愿让雷劈死。”大概坚持了有七八分钟，自忖够一个男人的标准，小谈射精了。也就是在射精后，一股失落、空洞、厌腻的情绪在他心里升起。他弯着背坐在床边，将手指插进湿透的头发。传来她用卫生纸擦肚子和下身的声音。她从一卷卫生纸上揪下来一块，擦好后揉成团，嗅嗅，丢到床下。大概丢了几十颗。她抓着他的手，让他去摸自己的肚皮。他象征性地摸了几遍，把手收回到自己身边。“睡吧。”他说。

云霞很快睡了，从她鼻子下传来欢快的鼾声。在床下席地而卧的小谈被折磨得不能安生，起身将她放在腹上的手，牵引到床沿。她咂咂嘴，安静地睡了一阵子。接下来又像打雷一样打起呼噜来。小谈痛不欲生，照着床板撞起自己的额头来。嘴里嘟囔道：“疯婆子，疯婆子，猪一样。”或许是听见小谈那“嘭嘭”的自残声，她伸过手来，捞他。他在被触及的同时，闪开自己的胳膊。他感到心里在无声痛哭：世上哪里还能找到这样能打呼的女人呢。小谈心想要失眠一夜了，不过后来还是睡着了。在梦中，他穿着短裤、背心，在一个挤满肉体的空间里爬来爬去。到处是热烫烫的黏液。每具肉体都在往上爬。它们的立足点是彼此滑溜的肉身。它们挤来挤去，好不容易挤上去了，因为下边或者身旁谁的蠕动，出现一点空隙，又无情地掉下去。有时整个空间看上去一动不动，有一种奇怪的宁静。可只要细看，就一定能看见从每具肉身上伸出的芽状小足，在抓来抓去。小谈感觉自己的衣服沤烂了，毛发和身体凸出的部分也在融化。他的鼻孔和咽喉吸进去一股股浓酽的液体。为了避免被淹没在下边，他费尽心力朝上方游去。直到鸡鸣声将他吵醒。

云霞不见了，后门开着。到处是她存在过的痕迹。原本盖在她腹上的毛毯掉在地上，印花布床单上留着一团人形的渍印，有的汗液还没干，粘在上面，有的已经变成亮晶晶的盐粒。枕头发出臭味，无疑是因为她在上面流了很多口水。在柜台那儿，小谈发现地上到处是撕扯下来的食品包装袋。店里能吃的东西都被她吃了。玻璃上还有她吐的痰。小谈来到后院，雨后的凉风吹在他的身体上，使他意识到一个季节正在无情离去。一些原本挺立的蔬菜和野菊花，折断了，或者匍匐在地。地上有一道像是被碾子碾过的痕迹。菜地边缘留着一堆坟丘那么高的粪便。小谈向远处看，发现云霞正侧卧在野外的道路上。她将两只膝盖提到腹前，然后将这弯曲的双腿打直。就借助这打直的力量，她往前蠕动一点点。也许，为走这十几米路，她蠕动了两三个小时。在这艰难的历程中，云霞曾经回头来看了一眼小谈。那眼睛里有一点点羞耻感，也有一点惦念。后来小谈看见的就是一条埋头前进的蠕虫。没有眼睛、头颅和四肢，只有一节节隆起的肉。

小谈感到恶心。这种恶心，比吃了一肚子泥还恶心。只要回到杂货店，他就没办法不想到，在那张床上，曾经坐着一个像是一座山或者一座仓库的物种。灯光透过满满当当的它，在房间留下巨大的阴影。后来杂货店破败了，结满蛛网，没有人来租用。人们分析，它是一条果实内的蠕虫，或者是一条蚕。

完于2019年10月19日

* 短篇 *

生活风格

一

回旋地村只有两户人家，住着两名年纪相当的鳏夫。靠山的那家姓潘，叫潘学富。临水的那家姓毕，叫毕癸丑。潘学富有一个好女婿，这个女婿有点什么，就用电动三轮车拖到丈人家来。毕癸丑有四个儿子，却对毕癸丑不闻不问。

几年前本地发过一次地震，潘学富借此机会，将房屋推倒重建。新建的房屋一共三层，贴着鸽灰色瓷砖，装着铝合金窗户，二层三层建有阳台，大门装的是血红色的防盗门。屋侧装了一根排水管。毕癸丑还住着老屋。老屋一共两层，用的是夯土墙，墙体已经开裂。屋顶盖着黑瓦、灰瓦、红瓦和石棉瓦，旁边还摞着一叠瓦，一些瓦上长着苔藓。窗户上，木制的窗框和窗棂一直没上油漆，玻璃破了不少，残缺的地方就用油纸遮挡着。木门破破烂烂，像是被刀刻了一道又一道，每当推动它，就会发出“吱呀吱呀”的声响。有一次，在毕癸丑向儿子们诉苦这样的房屋会倒后，那四个人商量了一会儿，找来一根圆木，顶在屋的后面。毕癸丑的房屋只有潘学富的房屋一半高。

潘学富的房屋还在兴建时，毕癸丑就来评价："潘学富你逞能啊，做这样一幢屋借了不少债吧？""门改得这么大，请风水先生看没？风水不好，诸事不利啊。""万一屋没做好，人死了呢。"毕癸丑的话越说越难听，除开因为他心理阴暗，见不得别人好，和潘学富善于忍让也不无关系。最近，潘学富请石匠来给门头刻字，毕癸丑又来说话："我听说古时候，人都是家里出了进士举人，才在门头上刻字，不然就空在那里。哪像现在，是个人就往门头上刻字，还是连后都没有的人。"

潘学富和往常一样递过来一根烟，笑嘻嘻地说："老庚你话说得这么高级，我一句都听不懂。"潘学富说得没有半点不真诚。毕癸丑拍拍上衣口袋里的香烟，说："我又不是没有。"

老年人醒得早。毕癸丑这一天五点就醒了。他的脑袋晕晕沉沉，肚子因为饥饿变得火烧火燎的。他坐在床上，听见从车载音箱里发出的歌声，由远及近，越变越大。一辆三轮车从积满水的马路上疾驰而来，进入回旋地村。是潘学富的宝贝女婿阙春生来了。几乎在阙春生敲门的同时，潘学富就打开门。都能想象，为了尽快给女婿开门，潘学富的鞋都没穿好。潘学富一连问了好几个问题：燕子还好么？孩子怎么样？你自己呢？

毕癸丑想，这时候啊，潘学富的右手正亲热地抓着阙春生的胳臂，而阙春生的脸因为腼腆始终通红着。迷迷糊糊中毕癸丑听见翁婿两人说什么“一块好肉”，去了屋内。毕癸丑像皇帝坐在床上，头和背靠着墙，等待婢仆前来服侍。当初生养四个儿子，他就怀着这样的目的：要依靠这四个儿子来养老，衣来伸手，饭来张口。一个人一生能使出的力气是有定数的，毕癸丑在供完老四上学后，就感觉这个定数到了。从此自己只好享福了。他想，四个人养一个老人家还不容易？可惜事与愿违。

就说老大毕小龙，生活在县城，是一个冷性的人。因为对别人说的话置若罔闻，对别人交代的事置之不理，很快失去了大多数的朋友。剩下那小部分朋友后来也被他得罪走了。因为他听信骗子的话，以为自己要发大财了。他主动对那小部分朋友说：“人要脸树要皮，瞧你现在，有什么资格和我坐在一起？”他和前妻育有一子。离婚是因为他看中一名从广东回来的女子，据说手中颇有积蓄。可惜这笔积蓄，在给女方父亲治病时白白花光了。他见如此，也就直接不认识女方了。他现在住的地方是租的。他整天在里面睡觉。有时人们会在彩票出售点看见他，有时会在小餐馆看见他，有时他直接揭开公共垃圾筒的盖子，看里边有什么吃的。他吃东西时不停地吧嗒嘴巴，弄得动静极大。偶尔他会回一次回旋地村，将家里残忍地翻一遍，看有没有钱。即使是一个镚子儿他也不放过。

就说老二毕小虎，生活在乡里，只有初中文化，是个爱拼账的人。他买了四间门面，一间用来卖水泥，其余租出去给人做汽车修理生意。他还买了一幢三层的楼房，让老婆带着子女专心生活在里边。一看见毕癸丑来到乡里，他就生气，上牙齿磨下牙齿地说："又来。你哪个儿子不比我活得好，为什么偏偏就找我？我好说话些？你要是来我家吃也可以，你叫你剩下的儿子给我钱。你又不是我一个人的爹，你是大家的爹。要是只我一个人养你，那我这个儿子做得也太不值了。你说对不对？我一共生了三个女儿，最后才生了一个崽，光罚款都不晓得交了多少。还有做生意亏了多少呢。这些你晓得不？还有，就因为我一个人在乡里，这些年的礼都是我去送的。几多的礼啊。我光是送礼都要送穷。唉，我真是没用。不像他们能跑出去。你说说，你怎么就生出我这样一个没用的儿子来呢。"

就说老三毕晓诗，高考六年，考上大专，自打去省城读书后，就让人见识了什么叫作"摇身一变"。他在言行举止和穿着打扮上表现得比城里人还像城里人。他从此只穿衬衣、皮鞋，并且总是将衬衣下摆扎进裤腰带内。他的视力很好，却要戴上一副眼镜。他从此也不愿说一句家乡话。有一次毕癸丑去学校给他送生活费，正好碰见一名他的同学。同学指着毕癸丑问毕晓诗："他是谁呀？"毕晓诗淡定地说："一个熟人。"毕业后，毕晓诗在市长运公司找到坐办公室的工作，娶了一名市里的姑娘，生了一个儿子。毕癸丑生病去市里医治时，毕小虎开车带他到毕晓诗住的小区，毕晓诗下楼来了，但是和毕晓诗生活在一起的岳父岳母就是不下来打声招呼。毕癸丑住院时，儿媳和亲家也没来探望一次，只是托毕晓诗捎来几只将要发臭的咸鸭蛋。毕晓诗还是个小气的人，毕癸丑到市医院复查，他就是带父亲去上岛咖啡吃了一顿简餐，还是用券埋的单。父亲吃，他看。看了一会儿，他端起那顿套餐里配的味噌汤喝了。

就说老四毕小豹，高中毕业后，在老三毕晓诗的庇护下，去市里开出租车。老婆租了一间不到三十平米的角落开早餐店。夫妻二人租住在一间堆满面粉的小房子里，请的一名员工就住在早餐店里。两人可以说三百六十天无休。毕小豹对父亲总是说"我在外面欠了一屁股的债，不知哪年能还完"，对外面人总是说"我为父亲治病欠下了一屁股的债"。毕小豹节省得连洗衣机都不肯买。

这时候从潘家传来剁肉的声音。毕癸丑想，剁肉就剁肉呗，犯得着把斩肉斧举得那么高然后往下剁得那么响吗，一定要把动静弄得那么大吗，生怕我不晓得你们家在吃肉吗。毕癸丑越这样想，越觉得人家是故意的。他觉得潘学富和女婿阙春生在厨房里高声说话，就是要奚落他。

他听见翁婿这样说——

潘学富："皮有点黑，肉又是红色的，有的地方还发绿。"

阙春生："可能欧洲养的和牛就是这样。"

潘学富："时代真是变化快，现在连欧洲的牛肉都吃得到。"

阙春生："可不是吗？"

潘学富："几多钱一斤呢？"

阙春生："一百多一斤好像。"

潘学富："怎么这么贵呢？"

阙春生："也是打了好几折买的，实际没花多少钱。"

潘学富（应该是尝了一小块）："放盐没有，春生？"

阙春生："我没有放，外父。"

潘学富："说来奇怪，这肉怎么这么咸。"

阙春生："可能是欧洲的牛运动多，出汗也多。"

潘学富："吃起来跟鸵鸟肉味道差不多。"

这时候，潘家的厨房，门和窗户都是敞开的，炖肉所产生的蒸汽和香味就从各个缝隙钻进一墙之隔的毕癸丑卧房，使毕癸丑不得不伸长脖子，好将口水吞咽下去。毕癸丑起床后，到灶间去，随便刷了锅，往锅里舀进去五六瓢井水。然后往炉膛里夹松毛，点着油木。油木烧出火苗后，再往炉膛里塞小柴枝。

“噼噼啪啪”地烧了好一会儿，水才开了。毕癸丑端来没吃完的半碗饭，用铁瓢舀了开水倒进饭里，就算是碗泡饭了。还有点咸菜。大概伸三下筷子就夹完了。毕癸丑吃着吃着，眼泪在眼眶里高速打转。可是啊，还要把这泪水生生憋住，因为后门“吱呀”一声响了，是潘学富端着一大碗牛肉汤过来了。潘学富说：“老庚你看看呢。”于是毕癸丑痛苦地看了一眼，那汤是如此鲜美啊，一颗颗的油星就漂荡在清澈的汤上面，那肉炖得是如此烂啊，肉就像一块岩石立在汤中间。毕癸丑怎么也忍不住嘴里四溢的口水，只有当着潘学富的面咽下去。

潘学富说：“你看，我女婿念我可怜，专程去谋了点牛肉来给我吃。”

毕癸丑说：“我又不是没有儿子。”

潘学富说：“我自然晓得你是有儿子的。老庚我不是说你儿子不剁肉回来。你儿子总剁肉回来，就是今天没剁回来。今天不是刚好巧吗，我女婿剁了肉来。大家一起吃吃有什么关系呢。”

毕癸丑说：“不吃。”

潘学富说：“我寻思着大家乡里乡亲的，还是欧洲的肉，闹热闹热。”

毕癸丑说：“我说了不吃呢。”

说着毕癸丑将潘学富往外推，还把门闩上了。潘学富“啊啧啧”叹了好几声，端着那碗牛肉汤出去，生怕它泼了。后来毕癸丑去后院茅厕解手，发现那碗牛肉汤搁在后门门槛边的石凳上。几只苍蝇正在汤上面飞舞。他这一打开门，堂屋里拴着的黑狗就冲着这边跳跃。到这时，整个后院还飘浮着浓烈的肉香，丝毫不见散去。毕癸丑想潘学富就是这样的人，不会当面还击你，但总能找准机会给你难堪。你不是说他没有后吗，他就过段时间端碗喷香喷香的肉来找你，告诉你，你不是有四个儿子吗，你四个儿子在哪里呢，一年到头都不见到他们一次。我呢，虽然只有一个女儿，嫁的是一个没有爹没有娘的孤儿，可是这女婿隔三岔五总是来一下，一来总不空手。要是我说，我宁要这个孤儿出身的半子，也不要你那四个亲生的儿子。

从茅厕返回时，毕癸丑想踢飞那碗牛肉汤，忍住了。后来他背着箩筐去山脚的地里。中午回来时，他发现潘学富提着铁皮桶，正从里边拣出骨头朝自己家的狗扔过去。那狗的目光一直追随着骨头在空中飞行的弧线。骨头每掉下一根，黑狗就将它纳入怀里，然后又满是期待满是感恩地看着潘学富。毕癸丑还没见过它对一个人有这么贱过。瞧见毕癸丑回来了，潘学富放下桶，从石凳上端来早已准备的一碗新盛的牛肉汤。汤已经不如早晨的新鲜，肉的色质也差了，不过仍不失为一碗好肉。

毕癸丑眉头紧蹙，嘴唇哆嗦起来。他对着潘学富的脸说:“我不吃，你还要逼我吃不成?”潘学富端着那碗肉扫兴地回去了。毕癸丑推上门，闩好，返身时，看见自己养大的黑狗正用前腿拢紧怀里的骨头，惊恐地看着他。待他走近，它像是对待陌生人一样对着他狂吠起来。毕癸丑想，就这么一会儿工夫，它就被收买了。他找来打牛的鞭子，对着狗反复、狠命地抽打。狗因此发狂，一直拖着链子向外跳跃。直到毕癸丑出门走了，它还在跳，直到将自己跳死了。

毕癸丑出门时，上一场大雨所遗留的露珠还挂在树叶上，新的一场大雨又要来了。天空漆黑一团。毕癸丑目如炭火，笔直朝前走。就像不是他在走，而是无尽的愤怒和委屈在推着他走。他遇见水洼也不绕行，就让鞋踩进去。后来遇见雨水也不躲避，就任它尽情地浇打自己。大岙村的潘学清是最后一个见到他的本地人。潘学清看见这几十里地最难说话的老人穿着白背心从雨中走来，就把自己的伞撑到对方头上，问:“癸丑，你这是要去哪里啊?”毕癸丑从裤兜里掏出一团钱，对着潘学清扬扬，说:“我又不是没钱，我去乡里剁肉回来。”

潘学清撑着伞跟着毕癸丑走了几步，想到自己是回家的，就又打着伞往回走，任毕癸丑一个人朝国道的方向走去。毕癸丑穿过国道，沿着国道那边的小路就能走到乡里。

二

货运司机杨国庆是在犹豫要不要走时遇见小学同学金鑫的。当时杨国庆吃好饭，掏出已经发黑的劳保手套戴上，一只脚蹬着卡车的侧踏板。但这并不意味着他就要拉开门一跃而上。天一下子暗了下来。马路显得比以前更黑。面馆外除开有几张纸在飞，什么动静也没有。一会儿准得下大雨。杨国庆就是为这个犹豫的。他不知道是应该冒雨把剩余的四十公里跑完，还是应该等雨停了再走。就在这时，金鑫从杨国庆刚吃过饭的面馆走出来。他们相视良久，然后金鑫说："我说是你，刚刚在餐馆就感觉是你。"

杨国庆说："要死呗，在这里碰到同学。"

金鑫说："是啊，几多年没见呢。"

金鑫恰好要找便车去县城，这促使杨国庆下定决心现在就走。读书时，金鑫个子很矮，长着一张娃娃脸，是同学们长期取笑和欺侮的对象。欺侮他的人甚至包括女孩。对此，他总是以笑脸相迎，似乎自己也乐在其中。那时候，人们只要是看见金鑫，就会特别开心。现在，几十年过去，再看向这张娃娃脸，感受到的却是生分。这张脸有时会没有表情，一对眼睛长得比牛眼还大，是双眼皮，眼睛下坠沉一对眼袋。金鑫人还是那么矮，拉了几次把手，才爬进驾驶室。杨国庆还是那个老实人。

卡车驶入国道时，狂风将道路两旁的小树、灌木吹得东倒西歪，好像是一群小鬼举着双手在挥舞。养护工人压住帽子，躬身从工段小跑回来。一会儿，就见一滴鸟屎大的雨水“啪嗒”一声打在卡车前窗。紧接着，漫天的雨水朝大地密集地射来。狂风吹走大片的雨水时，像是吹走一道道白光。杨国庆打开雨刮器，不得不前倾身体，探出脑袋，紧紧盯着车前模糊的路面。

“不热吗？”从金鑫嘴里发出疑问。他指着杨国庆戴着的手套。

杨国庆说：“噢，我一贯如此。冬天热天都这样。”

金鑫说：“你还是跟过去一样，过细。”

杨国庆说：“还是安全一些好。你呢，你不热吗？”

杨国庆瞟见金鑫总是去掸一下怀中抱着的西服。在这样的季节穿西服着实令人奇怪。金鑫没有告诉对方他这是要去相亲。他开始没话找话，顺着对方的心情说一些话。毕竟自己是搭了对方的便车，说些话让对方高兴也算是对对方进行感激和补偿。

金鑫朝杨国庆仰起头，问：“儿子今年几大呢？”

杨国庆说：“十九岁。”

金鑫说：“读大学了吧？”

杨国庆说：“是啊。”

金鑫击掌，并伸出右手食指朝空中点了点。他说："我就说吧，一定是个重点。"

杨国庆说："要算，也算是个重点。"

金鑫说："什么大学呢？"

杨国庆说："南京财经大学。"

金鑫说："南京，还是财经，不是重点是什么？"

杨国庆说："是啊。"

金鑫说："我说吧，当年读书时，老师总是点你名让你回答问题。这东西就是这样，基因在这里的。"

杨国庆说："他自己努力。"

过了一会儿，金鑫又问："在县里做了屋吧？"

杨国庆说："做也算做了吧。"

金鑫说："我就说，不做两三幢屋，还是你杨国庆？"

杨国庆说："做了三幢。"

金鑫说："三幢？"

杨国庆说："是啊，一个小孩一幢。"

金鑫说："你生了三个？"

杨国庆说："是啊，两个细的，一个读初中，一个读小学。"

金鑫连声唱赞，说："我怕你结了好几个婚吧？"

杨国庆说："两个。"

金鑫说:“上一个什么时候离了呢?”

杨国庆说:“离了有十三四年。我算算呢。有十四年了。”

金鑫说:“屋在哪里呢?”

杨国庆说:“一个在水木蓝天。”

金鑫说:“水木蓝天，这么好的小区。”

杨国庆说:“是啊，水木蓝天。”

金鑫说:“还有呢?”

杨国庆说:“造纸厂有一个，立信酒店边上有一个。”

金鑫说:“水木蓝天几多平方呢?”

杨国庆说:“只有一百多个平方。”

金鑫说:“立信的有几多平方呢?”

杨国庆说:“立信的只有八十多个平方，女孩子，不需要给她准备好大一个房。”

金鑫说:“立信的单价贵，你也算是尽了心。”

杨国庆说:“是啊，立信的一平方米要贵四百多元。”

金鑫说:“造纸厂的呢。”

杨国庆说:“造纸厂的我以后打算是给老细的，现在自己住。也有一百多个平方。”

卡车一直匀速朝前开。因为大雨一直在下，部分国道变成河流。汽车通过时，半个轮子浸进去，水花四溅。金鑫说:

“你别说，这样的天开车还蛮爽的。”杨国庆没有回应，他认真看着车的前窗。每当雨刮器“呱”地刮动一遍，车窗就被擦干净一次，车前的路就隐隐约约现出来。几乎与此同时，新的雨水又从玻璃上方淌下来，使杨国庆什么也看不见。这时候他得猜。一半靠看一半靠猜，他将卡车匀速朝前开过去。金鑫的思想沉浸在汽车通过水流所发出的“哗哗”声里。他的人生并不像杨国庆那样稳定和富有，还充满着未知数。人们说他这一趟要去看的女人有点跛，具体跛到什么程度说法并不统一，有的说“几乎看不出来”，有的说“总比缺胳膊少腿的要强”。金鑫在想这些事时，感觉到汽车先后两次发生震动。第二次比第一次要弱一些。这种感觉很快从记忆里消失了。这大概是汽车的前后轮先后经过了一条减速带。汽车继续前行了一里，从一个出口拐出去。那是条只剩一些道碴的老柏油路。杨国庆将车停在路边，拉起手刹。沉思片刻后，他关掉引擎，然后耷拉下双臂，任前额贴着方向盘。金鑫问：“国庆你这是怎么了？”从杨国庆嘴里发出那种食物中毒者才有的自顾自的呻吟。金鑫握住杨国庆的肩头，问：“国庆你怎么了？”

杨国庆说：“我可能轧死了一个人。”

金鑫说：“鬼话，我怎么一点都没感觉到？”

杨国庆说：“百分之百轧到了。是个活的、有生气的东西。

车子轧过去时，我都感觉他的背拱了一下。”然后他一直在说“我完了老弟”。

金鑫说：“你别说得那么绝对。你好好想想呢，有可能是牛。这样的天哪里还有人出门呢？”

杨国庆说：“我就看见有个东西直着走到路中间来。牛怎么会直着走过来呢。”

金鑫拧开保温杯，倒了一杯盖的温水，喂给杨国庆。杨国庆第一口呛了出去，后来几口喝进去了。金鑫不时抚摸他背部，说：“国庆啊，别怕，咱们没事不惹事，有事不怕事。”后来他们下车查看。保险杠和进气格栅那里看不出有碰撞的痕迹，也看不出没有碰撞的痕迹。车轮及挡泥板沾了一些泥浆，金鑫用树枝刮走泥，没有发现有尸体碎块。“血也没看到。”他补充道。他们打算去事发地看看。走了几步，杨国庆用鞋底搓掉两人刚留下的脚印，上车从储物盒翻出一对两只一共四只一次性塑料鞋套。他们穿上鞋套，冒雨走向国道，又沿国道边的小路朝事发地走。他们的裤脚全都沾上泥浆。金鑫一直握着杨国庆的手。

途中，杨国庆要金鑫用手机上网查下《道路交通安全法》。金鑫从湿透的裤子里摸出上不了网的诺基亚老款手机，说：“说起来可怜，我还在用这样的手机。”

杨国庆说：“你考过驾照没？”

金鑫说:“考过。”

杨国庆说:“你考过,就应当记得轧死人犯不犯法。”

金鑫说:“过失不犯法。”

杨国庆说:“我是说逃逸。”

金鑫说:“轻的三年以下,重的七年以下。”

杨国庆说:“你确定?”

金鑫说:“我记得总是这两个数字,最重也就七年。”

杨国庆说:“我也记得好像是这样。”

金鑫说:“就是醉驾把人轧死了逃逸,也就是七年。”

两人朝前走了很久,也没见到尸体。金鑫觉得这是一场错觉,说不定只是轧过去一根树枝,而他们也已经走过了所谓的事发地。他说:“这样朝前死走,以为还没走到,其实早走过了。”他这样说没多久,杨国庆扶住金鑫的肩膀,再也走不动。金鑫能感觉到那双手在剧烈颤抖。“我说了,我说了呗,崽啊。”从杨国庆嘴里传来近乎哭泣的声音。金鑫朝国道上望去。一具被拦腰切断的尸体躺在拐弯处。是个穿白背心的老年人。切断处因为受到挤压高高耸起。一些肠子被压扁了,一些则像气球鼓起来。两条腿,一条脚尖朝后,一条脚尖朝前。从尸体上微微伸出一只手,似乎在诉说着什么。金鑫“哇”的一声呕吐起来。这时,从杨国庆嘴里传出胡话来:“我根本没来过这里。对不对？我没来过这里，我是从别的路走的。”可是只要一将视线移向那里，他就不得不接受这样一个事实：他不但来过这里，还在这轧死了一个老头。后来杨国庆又说：“我说了今天不能出车，不能出车，非要出。现在出事了吧。”金鑫站直身体时，他的手又像铁钩一样死死抓住金鑫的肩膀。他说：“我怎么办啰，我还有三个小孩要供。这下全完了，我到哪里找钱去赔呢。我怎么赔得起啊。”

金鑫大概要说什么时，只见一辆车——同样是卡车——从尸体上疾驰而过。他们看着一块肉飞起来，扑向路边的沙地。从尸体里又溢出大量的血来。路面一时殷红。卡车在犹豫中停了。司机下来时探头探脑，好像是要过来偷什么东西。他走到尸体旁，双手抱头不敢想象。接着，应该是瞟见路边小道并排站着一个高个子和一个矮个子，那两个脸色惨白的人正直勾勾地看着自己，他便发出恐怖的叫声，跑回卡车，将它歪歪斜斜地开走了。

金鑫说：“你看，现在已经不是你一个人的事了。如果要追究责任，你也只负百分之五十的责任。”

杨国庆说：“唯愿如此。”

金鑫说：“而且谁也说不准，是你先轧的，还是刚才那位司机先轧的。”

杨国庆说："是啊，我完全可以说，我不晓得自己撞了谁，我就是开车过去，我没有感觉到撞人。"

金鑫说："完全可以这么说，这样说完全成立。"

十分钟后发生的事简直让他们欣喜若狂。从茫茫白雾里闯出来一辆厢式货车，车身漆着“悦庆肉联”四个红色的美术字。通过拐弯处时，货车略微带了点刹车，因此能听见从车底发出的排气声。随即，乳白色的它加速离开。尸体的上半截在轮下翻了个个儿。接着，从雾里又闯出一模一样的一辆。以后仿佛是天遂人愿，只要是他们渴望有一辆，就一定会冒出来一辆。直到他们觉得这样够了，太够了。一共二十一辆，很明显是一个公司的车队。车辆在经过拐弯处时都迟疑了一下，然后朝前狂奔，唯恐落后，像极集体迁徙的羚羊或者野马。在它们终于消失一空时，金鑫转身朝杨国庆举起右掌，说："来。"杨国庆不明就里，直到金鑫让他也举起右掌来。金鑫击打了杨国庆举起的右掌，说："噢耶。"国道上，尸块被切割得七零八乱，散布在各处，有一些完全被轧平，甚至被轧进缝隙中，化身马路的一部分。

金鑫说："根本没办法收拾，怕是用铁锹铲，也不见得能铲起来。这会儿就是你去跟他们说，是你轧死了他，他们也不相信。你从哪一点能证明是你轧的呢？"

杨国庆说："是啊。"

金鑫说："证明不了的。"

在走回去的路上，金鑫意犹未尽，说："这么多车轧过去，算谁的责任呢？谁的责任都算不了。就算是赔偿，赔多少合适呢。我觉得让这么多人同意去赔都是一件难事。估计最后还是国家认倒霉。出这样的事，家属要找起来，也是找国家方便。国庆我总说你不要太老实了，该硬气的时候一定得硬气。理直气壮的。"这时，原本把他们浇得眼皮都睁不太开的雨水已经大为减弱。他们拖着因浸湿而变得格外沉重的裤子朝老柏油路走。抵达后，杨国庆说他得去河边冲洗车子。金鑫说这是应当的。杨国庆爬上驾驶室后又匆匆下来。他将两百元钱揉成团塞给金鑫。金鑫躲避时，他强行把它塞进金鑫裤兜里。金鑫也就不再反抗。

作别后，金鑫手挽西服，站在旷野发了一会儿呆。然后他摘下浸满水的假发，朝地上连续甩动。

三

上午，悦庆肉联门店的开业典礼还在搭台，阙春生就来了。工人将卷成筒的地毯铺在店前，地毯两侧摆放迎宾树各一棵、花篮各七只。他们还给红色拱形门充气，将祝贺条幅沿楼顶一字排开悬挂好。在组装演出平台时，有一颗螺钉不合，是阙春生帮忙找来铁丝，从螺钉孔里穿进去，用钢丝钳拧紧。演出时，有一对穿着翡翠绿色胸罩和长裙的姑娘，晃着满身的肉，跳了很久的肚皮舞。她们几次邀请观众上台对舞。只有阙春生上去。她们中的一个捉住他的右手，扶住她的腰，让他跟随她的节奏一起扭动。不能上去时，阙春生就站在三轮车的车斗里，跟着尖叫、舞蹈。即或如此，阙春生还是没占到什么便宜。主持人许诺的“更多精美的礼品”，比如价值二百四十八元一公斤的澳洲和牛牛肉一斤、价值一百元一公斤的乌拉特草原羔羊肉卷一斤、价值八十元一公斤的湘村黑猪后腿肉一斤，他一样没得到。就是松花蛋、大米这样的末奖也没他的份。

当他离开现场时，人们问他“抽到没”，他说：“抽个鬼呀，什么都没得，骗死人。”人们又问：“总有个什么的啊。”他晃晃手上印着“悦庆实业”字样的礼品袋，说：“就是这个，发了一个袋子。”人们因此哈哈大笑。

中午，悦庆公司在永和饭店办答谢宴。饭店门口贴着红纸，两名迎宾小姐站在那。只要有人走过去，她们就递上大头笔，请他在纸上签名，然后又指引他进去。阙春生走过去，拿起笔写下自己的名字。不过在要走进饭店时，被饭店员工拦住，请他出示邀请函。阙春生这一天的懊恼与沮丧可想而知了。他只好朝里边摆好的酒席说:“我吃你妈瘪,我怕是吃去死。”

这时,悦庆实业集团总裁仰靠在一张椅子上,轻蔑地看着舞台。他双手抱臂,不时抖动架起的双腿,大清嗓子。站在台上的是一名来自市里的退休老师,头发斑白,穿一件白色亚麻短袖唐装,正双手握着话筒,以央视著名编导、《舌尖上的中国》总撰稿的身份讲话。他说自己是“半个永和乡人”“永和人打他三个巴掌他也不还手”“这一次实际是来看永和的亲人们”。后来又说自己去过五十九个国家、地区,曾和小军省长在密室长谈四个小时,并去联合国教科文组织总部领过奖。他讲完时,总裁高举左手,用右手除拇指外的四根手指拍打左掌下沿。下来后,总裁又手心朝下,朝他挥手,让他坐到自己身边来。往下还有颁发顾问聘书、发放助学奖金、变脸表演等活动。酒菜已经摆上桌,与席者因为不能吃饭,变得烦躁。彼此间开始聊天、看手机,有的张大嘴打哈欠。大厅一时充满“嗡嗡”的声响。总裁其实比别人更想结束。上午,当他横握一根马鞭,从自己率领的二十一辆白色货车的第一辆走出来时,就想回去。永和乡太荒凉了。街道上有很多的商品房空着,既不贴瓷砖,也不装窗户和卷帘门,就那么执拗而空洞地彼此对望。路两边堆满垃圾和工程废料,上面长着杂草。到处都是臭气。一上午,总裁都紧蹙眉头，站在角落。每当有本地人路过，他就提前闪到一边，生怕和对方发生接触。就是对自己手下，他也缺乏尊重。他总是呵斥那些差不多可以做自己父亲的人，说："长点心吧。"饭店里的活动按照程序一项项地进行，人们经过试探，自行吃上了饭。后来，从大厅敞开的窗户可以看见天黑下来了。又是打雷又是闪电。霎时间，大雨降落，打在遮阳伞和车顶上铮铮作响。地上满是此起彼落的水泡，滞留的雨水一会儿就淹没路面。气温骤降好几度。一个人从外面跑进饭店，虽然是打了伞的，头发和衣服还是湿透了。

吃到一点多时，总裁朝对面的老驾驶员招手，说："那个谁，王师傅你过来一下。"于是王师傅走来，坐在总裁旁边，竖耳谛听。

总裁说："你感觉这雨会下多久？"

王师傅看看手机，说："可能下到天黑。"

总裁说："那是天黑走好，还是现在走好？"

王师傅说："都不好。"

总裁说："总有一样更好的。"

王师傅说："怎么说呢。"

总裁说："现在能走吗？"

王师傅说："能走也能走。"

总裁说:“有什么危险吗?”

王师傅说:“危险不总是有一点，这么大的雨。不过这和医生做手术一样，有一个成功率。如果成功率只有百分之九十，医生可能不愿意做。”

总裁说:“为什么不愿做?”

王师傅说:“就怕失手。一失手，百分之十就变成百分之百。所以很多医生不做。”

总裁说:“那不是还有人做吗?”

王师傅说:“当然，这需要魄力。”

总裁说:“你没有这个魄力吗?”

王师傅说:“不是我有没有魄力，而是领导能不能做这个决定。领导说走，我什么意见都没有，走。领导说不走，我想走也不敢走。”

总裁说:“那还废话什么，走。”

司机们听说现在可以走了，都很兴奋，几下扒完饭。车队一辆接一辆驶入白雾中。一名司机因为解手晚了，越过饭店外的栏杆就跑向路边自己的车辆。车轮疾驰而去，路上的积水不停飞向半空。这名总裁再也没有到永和乡来，不过他很难从永和乡人民的记忆里消失。正是通过他，人们认识到钱和权力在这个世界的极端统治地位。当这名身高一米五出头、年龄只有十六岁、脸和手像涂过蜡一样的年轻人夹着棕色马鞭离席时，所有他的属下都起立，摆出一副幸福甜蜜的表情，目送他，并且鼓掌。过道上有一名驼背老人扶杖而行，一名下属还跑来推开老人。这名总裁在本县及邻县拥有二十一家超市。在他父亲，也是集团董事长的建议下，他将依托这二十一家超市创办二十一家肉联门店。永和店是这项计划的第三站。现在，永和人每天早上都会看见悦庆的员工出来做操。操毕，他们右手握拳，使之与耳廓中部等高。然后目光炯炯，声音洪亮，向远在县城的总裁宣誓尽忠。

雨实际下到一点四十一分时就停了。这段时间，阙春生一直蜷缩在烂尾房内那张包面迸裂的沙发上，借用隔壁理发店的Wi-Fi看手机。他边看边乐，用手指去戳脚趾缝儿，不清楚雨已经停了。直到他在微信群"城市的美容师"里看见群友发来视频。视频显示在距离永和街三点一公里的国道大树下路段转弯处，有一堆被雨水淋湿的肉块。发视频的人一边拍视频一边说："你们都来看喏，就在大树下这地方，肉联公司货车的一边猪肉掉了，轧得一包渣。别说我没告诉你们啊。"下边有群友回复："皮那么黑，可能是牛肉。"阙春生匆匆起身，把视频转发到另外几个群，并且发语音："说是成边的牛肉，'哐当'一声就落到路上。车门后边锁没锁好，掉在路中间。后边的车一辆辆把这个肉轧了。因为下雨，没有察觉到。即使察觉到，因为急着走，也没人停。一直就没见肉联厂的人回来取。你们莫怪我没告诉你们喏。”言罢，他走到屋外，启动三轮车朝事发地开去。

那天，永和街有一百多人携带各种工具，诸如铁锹、钐镰、板斧、火钳，驾驶电瓶车、摩托车、轿车、小货车，朝大树下赶去。有的人骑自行车，一只手握车头，一只手抓住货车车斗，由货车捎带前行。有人把马骑了出来。这时，你如果是在空中俯瞰，就觉得这样的队伍是一阵蝗虫，或者是马拉松赛跑的一个集团，正像一块不断变化形状的毯子，在国道上朝东移动。阙春生一直卡在队伍当中。进入弯道，他利用前车减速、车轮向外倾斜的时机，加速切入内侧，实现超车。大家狠踩刹车，避免车辆相互之间碰撞。很多人骂：“你这样会车毁人亡的，懂吗？死全家的。”

阙春生将头扭向身后，喊：“车毁了没？人亡了没？”

到达事发地时，阙春生并未让车减速，而是向右弯下身体，从地面捡起一块脸盆大的肉，丢进车斗的搪瓷脸盆里。然后他急转弯，神龙摆尾，让三轮车完成了一个漂移。他拍打着手掌，对那些纷纷下车去哄抢的人说：“嗐，别说是捡一块肉，地上有硬币我也能捡起来。”那些人不理他，就是加快脚步四处去抢。

有一个人没抢到，只好拿平时刮腻子用的油灰刀去铲路上轧平的肉泥。过程中有人说："这肉上怎么还有白纱呢。好像是过滤豆渣的白布，蚊帐一样，又好像是男人的背心，不大。"有人回应："有的你捡就不错了。现在公司都是这样，上次我还听说有人在一根冰棍上吃出老鼠。"

阙春生回到永和街，关于他捡到最大一块肉的消息已经传开。虎背熊腰的毕小虎站在路心，拦住他。毕小虎说："刀呢？"

阙春生说："在车斗里。"

毕小虎在车斗翻切肉刀，说："按理说我算你上辈亲，你应该叫我叫舅。我这样说对不？我多了不分，就分你三分之一。"

阙春生闭上眼，苦不堪言。毕小虎找到刀，叫阙春生把屁股坐的一块木板取来，架在车斗上。毕小虎拎出肉，捺着它，就切起来。阙春生看了一眼，发出"啧啧"的叹息声。毕小虎说："看什么？"

阙春生说："切太多了。"

毕小虎说："这一点，还叫多？"

阙春生说："都切走一半了。"

毕小虎说："哪里有一半呢？你看，这一块是你的，这一块是我的。你的那块明明比我多。"

阙春生说："割这么多。"

毕小虎说:“你要是觉得划不来，咱俩就换一块。”

最后毕小虎还是认真比较了哪块更大。大概连他自己也比较不出来，就随便拣了一块，丢进塑料袋里。然后拎着它，趿拉着便鞋回去了。从他嘴里飘出一句冷漠的道谢声。

阙春生自我安慰道:“儿吃爹肉，不上当。”

要到将近三点，阙春生才回到家。他的妻子潘燕正在甩洗好的衣服，嘴里埋怨这样的天老是下雨，怎么也干不了。她对阙春生说:“你怎么现在才回?你这是去哪里浪了一天?你把鱼捉了没?”

阙春生说:“你不晓得啊。肉联公司今天开店，路上掉下一边肉，轧烂了。我去捡了一块。是欧洲牛肉。你看看呢。”

潘燕过来看了看，说:“你又不是不晓得我不吃牛肉。”

阙春生说:“那就给孩子吃。”

潘燕说:“孩子也不吃。我不吃，孩子也不吃。”

阙春生说:“那我也不吃。”

潘燕说:“牛肉最难咬，还塞牙齿。”

阙春生说:“你不吃，我送去外父吃。”

潘燕说:“你送去吧。”

人们都知道，阙春生是潘燕亲自挑到手的夫婿。作为永和乡政府炊事员的潘燕胸大、皮白、做事利索，那时候到她屋外敲窗的年轻男子很多，前来说媒拉纤的媒人也很多。她不为所动。她不挑开车的，不挑开店的，不挑退伍回来的军人，就挑了在寺庙长大的孤儿阙春生。之所以看中他，是因为他身上具有一种小马驹才有的驯从品质。她忖度自己也驾驭不来什么优秀的男人，即或有这样的运气，最终也难逃夫妻反目、瓦解星散的命运。另外她心中有很深的母爱情结，也看不得有人在阙春生这样的老实人身上作威作福。潘燕很长时间不敢告诉父亲她找了这样一个男人，后来鼓足勇气说了。潘学富说："燕子，这样也是好的，省得以后还要受公公婆婆的气。你以后过得下去自然好，过不下去也没关系。不是说嫁出去的女儿就是泼出去的水。"后来他们果然过得很好，买了去县里上班的李医生的旧房子，生了孩子。那些瞧不上阙春生的女人要不是离婚了，要不就是被丈夫打得要死，她们都很佩服潘燕的先见之明。传说有一天，在潘燕、阙春生带着孩子午睡时，他们家门前来了一对霜雪满头的老人。男老人是瞎的，总是晃着头。他将枯瘦的大手搭在女老人肩上。女老人对着男老人念念有词，似乎是在介绍阙春生家的情况。男老人频繁点头，脸露欣慰之色。然后两人洒泪而去。人们说这可能是阙春生的亲生父母。

阙春生吃过剩饭，会去泥塘捉够供永和乡和邻近两个乡居民一天消费的鱼，然后回家把它们倒在水池里。然后他去接孩子。然后一家要吃饭。然后他要睡大觉。然后他要在凌晨伸着懒腰起床，捞起鱼，把它们送往三个乡的市场。诸事办毕，他还要把在路上捡到的牛肉送往回旋地村。抵达后，他的岳父潘学富会亲热地抓住他的胳膊，问："燕子还好么？孩子怎么样？你自己呢？"

"都好都好。"他满面赤红，这样回答。

完于2019年7月22日

浮 想

1. ——

车辆并未鸣笛，也就是在停下前发出一点车轮碾轧砟子的声音。可就是这么一点点声响，已足以提醒在门卫室值勤的延鑫：他的主人回来了。他推开门，几乎是拖拽着，将自己残废的身体拖向车辆这边。每次看到这一幕——一个注定也有自尊的男人，上半身着急忙慌地耸动着，好让瘸掉的一条腿能多少走快点——斌总都会产生对人感慨的冲动。可惜每次来到这里，他都是只身一人。延鑫穿着一件颜色像蓝黑墨水的衬衣。因为脖颈粗短，最上两颗纽扣没有扣上。如果下边也可以不扣就好了，可惜那样做有碍观瞻。因此我们看见延鑫隆起的腹部将衬衣顶得很高，使之显得更加水亮。这件几千元的衬衣是斌总特为赠送给延鑫的，赠送时斌总捏着衣服往延鑫身上比画了好一阵子。一共赠送了三件，都是斌总发现自己身材变瘦后不要的。现在穿在延鑫身上，很是像样，用斌总老家的话说，就是“将马了”。要得啊，将马了。意思是像个人物了。今天，斌总在蓄着一头卷发的延鑫脸上还看见往日虽然看见但不如今日看得这么仔细这么分明的光亮。延鑫那鼓起的脸蛋像是涂抹了一层猪油。斌总在开会时总能碰见一些脸上发光的下属，他们聚精会神，将脸朝向斌总，认真聆听斌总讲话，生怕漏掉一个字。有时斌总会受不了对方展现出的这种极度的亲热与忠贞，匆匆将目光避开。斌总是什么人，他什么没见过？他知道这样的聆听已经超出礼貌的范畴，比妓女张开大腿还要淫荡无耻。这些人没一个好东西。不害死你就算不错的了。而今天，斌总在他以为是忠诚老实的延鑫脸上看见的却正是这种东西。

2. ——

在行走的过程中，斌总一度疑虑是自己的直觉发生了错误。延鑫的行为举止与过去相比，并无太大区别，为何过去自己看见的是死忠，今天看见的却全是虚伪与欺骗呢。为何过去自己会想都不想就将自己最宠爱的女人交给这个人看管，以为这是最安全的事，今天却强烈觉得这有可能会是一项给自己招来无穷悔恨的委托呢？从桥上下来后，斌总转过身，以关切的名义看着延鑫从石阶上一步一步挪下来。

“你兄弟在哪里上班?”斌总问。

“《体育画报》中文版，就在钱柜那一块。”

“哦对，Sports Illustrated。”

斌总重点看了看对方的裆部，因为所藏之物凸起，那里显得特别的鼓胀。少说也有六两半斤，长度估计得有十九二十厘米吧。为什么过去从来没有留意到这个。斌总回想着。在那一段时候，延鑫穿的好像是一条松垮的军裤，如今却穿的是一条略显紧的卡其色高尔夫球裤。没想到就是这样一条同样由自己捐助的裤子暴露了对方的实力，那家伙不说是张易之西门庆，就是比嫪毐也不差啊。鸟中大鸟。飞机中的战斗机。斌总想到，就在自己和雯雯精挑细选买回的架子床上，这个瘸子一次次从地平线升起，用强有力的器物侧向攻击雯雯雪白的身子。这样的事发生起来并非没有可能。甚至每夜都会发生。夜夜顶啊，日日顶，一有时间就顶，忘情地行淫忘情顶。在蒲松龄的小说里——我们不能因为它是小说就认为它不具备真实性就脱离了社会现实——久旷难耐的女人连狗都不放过，何况今天雯雯面对的是这样一个鲜活有力、正当年的男人。残疾又怎样，残疾也是一个品种啊。有多少被藏在豪宅的女人最终和快递员、保安甚至是没事就跑到垃圾筒边抽烟的餐馆杂役发生了关系。古代则是同和尚。我们不应该低估女人对性的渴望，不应该低估她们滥交的决心。有交无类。

过去的自己何以麻痹大意如此。

按理说不应该啊。

3. ——

延鑫掏出门禁卡要去打开那道通往别墅的铁门。这时，来了一位穿着工服的一只眼坏掉的中年人，他没皮没骨地，将两只手搭在延鑫的一边肩膀上，使延鑫不能走动。“你最近倒是可以啊。”他说。延鑫使着眼色，发出那种只有喂鸟才会发出的“啧啧”声。来人这才注意到跟在后头的斌总。他就吹着口哨，上上下下地打量斌总。他这样粗鄙不恭地打量时，活着的眼睛滴溜溜地乱走，死去的毫无光泽的眼睛也跟着在走。“这就是我跟你提过的我们敬爱的斌总。”延鑫说。

“嗷，斌总啊，你就是斌总，您好。”

来者这么说时，斌总一时分不清他是在讥讽还是在致敬。独眼人边说边站直，给斌总做了一个“请”的手势，就走了。这意外的遭遇让斌总很不舒服。延鑫在门前停下。斌总望着这下人粗壮的腰背，忽然产生踹上一脚的冲动。踹倒他，然后用脚分拨开他两腿，用皮鞋——最好是高帮皮鞋——猛踢他睾丸和卵袋，使它们露出肿胀的面目。斌总所认识的龚经理，曾经对斌总讲过自己去看过枪决。在法医判定犯人还没有死后，执法队长走过去，对着犯人裆部猛踢，直到犯人死得直挺挺的。

也就是从这时起，斌总决定永远走在延鑫身后。你不会知道人家已经盘算了你多久，对吧。绝不能将后脑勺留给人家，让人家用砖头石块砸了。一个人啊，他的一切均由我畀付，为何还要背叛我。斌总这样凄楚同时又是恶狠狠地想。过了一会儿，他又为自己思想中出现的这种无端怀疑深感后悔。说白了，人家只不过是拥有了一个器具，这器具人人都有，撒尿要用，你却因为它的存在，认为人家会淫乱，进而又认定人家会来谋害自己。这太无理，也太蛮横。可是过了一会儿，斌总又想，出现这样的忧虑不是很正常么，那进出皇帝后宫的男人不都阉了么。斌总问：

“老王你平时主要以什么娱乐度日哇？”

“啊，下下棋，石桌上有棋盘。有几个棋友。”延鑫说。

4. ——

抵达别墅门前，斌总按响门铃，并通过对讲系统说：

“是我。”

“你是谁？”

“我就是我。”

门内这时有了“啪”的一声响动。斌总正要伸手，延鑫已抢先将门把手抓好，拉开门。斌总进去前，俯看到对方嘴角不知什么时候已积留下许多泡沫。“你走吧。”斌总扶着门说。对方愣了一会儿，忽然明白过来，于是声势浩大地离开起来。“那斌总我就先走一步了哇，有事情记得吩咐我。”延鑫说。

“嗯。”斌总说。

就在这会儿，就在延鑫已经一起一落、姿态可笑地走上六七步后，雯雯手抓一件东西飞奔出来。“你等等，你帮我把这个寄出去。”她就踩着细高跟鞋跑到阶蹬之下。令斌总心如刀割的是她只穿着一件到大腿根的T恤。胸罩也没戴。在延鑫看那包裹时，雯雯一只手往上，搔了一下应该是烫过不久的凌乱卷发。雯雯的头发真多啊，好像用了什么肥还在源源不断地往外长。延鑫又一次转过身来和斌总打招呼。“我找（走）了啊。”因为嘴角积的白沫太多，他现在连话也说不清楚了。

“你走吧。”斌总对着他挥手。

咳，和这样的杂滥之人私通，你也私通得下去。斌总盯着日光下雯雯迈着的细长腿这样想。进屋后，斌总撩开她的T恤。内裤还是穿了的，是件透明红色内裤，可以想见敏感部位会显得一清二楚。在褪下自己的衣服后，斌总想到一个问题：穿上衣服时自己比延鑫强不知多少倍，可是一褪下，情况就反过来了。斌总望见自己腹前的东西只有蚕豆那么大。随后的性交可说没意思到了极点。雯雯努力叫唤着，终于还是忍不住去翻看手机。斌总完事了好一会儿，一直扫兴地跪在那，她还在程序性地往前挺自己的下身。直到她终于反应过来。

“Finish？”她问。

“Finish。”他说。

5. ——

斌总厉害的地方就在于：越是心情差的时候，越能表现得和颜悦色。就在这一天，他递给雯雯一只鼓鼓囊囊几乎要撑破的档案袋。

“是啥呀？”她问。

“就是红包。”他说。

她过来抱他时，他觉得一切都有点晚。也许可以这么说：给钱的目的不是笼络，不是为了促进对方反悔，而只是为了增加对方的罪行。你看，我都这么给她钱了，她还在……往外卖。他认定她对自己已无忠诚可言。那天在离开金龟园时，他看见延鑫再次玩命地拖拽身体，好出来和自己打招呼。这人真的像一条狗啊，可嘴里说出的话却像主人那样自然且富有底气。“慢走啊，斌总。”在为斌总关上车门时，延鑫说。就好像他才是这几百亩地的统治者而斌总不过是偶然来访的客人。去死吧你。斌总决定说什么也要把他开喽。无论有没有证据。

仅恶心这一条就够了。

事情基本清楚：延鑫和雯雯均已背叛，并且达成默契，在掩蔽斌总一人之耳目。这是斌总凭借一个老猎人才有的过人嗅觉和分析能力已经侦知的事。然而为着知晓其中底细，他还是找来小简，让他去跟踪调查。小简在这方面专业。他只干了一件事，即在雯雯所居别墅门前的槐树上用铁丝绑上一枚微型摄像头。“其实这种事很简单。基本上在屋前装上一个摄像头，在车底装一个GPS定位跟踪器，就齐活了，就能掌握一个人的行踪。要是还想知道更多，我们还可以想办法利用她的手机来监控她自己。”小简说。斌总忽然感喟，自己多少也算与时俱进，却还是不能料到监控技术已经如此发达和亲民。“只是每个人所处的行业不同而已，您不在我们这个行业，自然不知道我们这个行业的进步。”小简说。

很长一段时间，监控似乎都在证明两人的清白。一个瘸子，一个枯寂的女人，井水不犯河水，共同保卫着斌总对一个阴道的专有使用权。但是在一个周三的下午，镜头终于捕捉到延鑫来到别墅门前。他左右张望了一会儿，才举起手，不是按响门铃，而是敲打起那门板来。随后他转过身来，朝右前方打了一个响指。不久，应该是听见门从里边打开，延鑫一步一步从阶蹬上挪下来。到这时，斌总才知道与延鑫同来的还有一个男人。后者快步走入镜头，跃上阶蹬，和开门的穿着白色睡衣的雯雯拥抱在一起。他一会儿将头偏向右边，一会儿又偏向左边，一定是握着雯雯的小脑袋在热吻呢。延鑫背对着他们，只是摇头。那奸夫淫妇彼此吞吸清楚了，才进门去。这时延鑫又上去敲门。不多时，是那瘦长的男子打开门，从缝隙里伸出一刀钱来。于是延鑫坐在阶蹬上，张开双臂，活动筋骨，然后朝左右两手吐上唾沫，数起钱来。令斌总感觉凛气扑面的不单是偷情这件事显而易见地发生了，而且，偷情的时间恰恰选在周三下午。为了确认无疑，斌总命小简又潜入小区，在另一棵树上也装上探头。斌总等待了一些时间，发现在同样的时间，戴眼镜的那个高个男人又来了（一个人偷情长得太高真是不好啊）。

正是在每周三下午，斌总都要去一个打扫干净、椅子倒放在桌面上的食堂包间等待B局长。有时斌总要等上四五个小时。有时白等。然而还是要等的。有时汇报甚至不需要话语，斌总一开口，B局就明白了，摆手让他停止。斌总从不怪罪对方迟到或爽约，因为他知道找B局的人成千上万，自己能在这挤挤挨挨的漫长队伍里分得一杯稳定的被接待的羹，已属太难得，已算得上是尊贵待遇了。这种荣耀值得再三回味，然而一时却无法与人分享。B局之所以喜欢斌总，也是因为斌总办事妥帖，然而什么也不说。“很多事我们说的时候不知道，可是祸害已经产生，狂风暴雨只在几小时后了。”有一天B局这么说。斌总记得只要是有女性路过，B局的眼睛总是乱瞟，然而却从来没听说他和谁有染。

“管住嘴，也就是管住生命。”B局说。

现在，这个密会的时间——原本只有神和心灵知道的信息——已经被雯雯、雯雯的情夫以及叛离自己的家丁延鑫广泛知道了。他们得出的这个结果，无论是请人调查出来的，还是只是依据统计学原理总结归纳出来的（斌总记得延鑫有一次在门卫室拿着笔做彩票统计），都足以让斌总吓尿。不能让更多的人知道。

6. ——

斌总坐在电脑前，不停拨动鼠标滚轮，说着“这个傻叉女人”“你们现在笑得不是时候”之类的话，脸色似乎因为这种难堪而涨得通红。“是男人都不能忍对伐?”斌总说,“小简,你布置一下。”小简做事很有一套。没多久就将上述三人一次性捕获,五花大绑,嘴里塞着毛巾,用灵车一样庞大的丰田小客拉到斌总正在兴建的湿地项目。阳光明媚,斌总驾车跟在侧后方。斌总看见一截影子始终追随着小客车,怎么也甩不掉,可谓百折不挠。银色的车轮飞快旋转,又像是在倒转。到了沉塘处,天不知怎么就下起了雨。豆大的雨点击打在伞布上,铮铮作响,随即像眼泪在伞布上肆意滑行。“这世界的一切是如此真实啊。”斌总感慨道。那雨水甚至可以拿在指尖搓捻。

小简给上述三人又绑上一块巨石。他们始终在挣扎。要是妨碍了做事,小简就用棍子给他们脑袋来一下。“都这时候了,还不抓紧时间享受下,还不多看看,多闻闻空气?”小简对他们说。斌总走过去时,从他们仰起的眼睛里看见生物对生存最深也是最原始的渴望。斌总从来没有这样被人需要过。他闭上眼,为之心碎。尤其让人难过的是雯雯。也就是到了这时,斌总才意识到她比她说的、比他想象的、比身份证上标注的还要年轻。她的皮肤是如此瓷实。脸即使被淋了这么久,依然活力四射。唉,人就是这点不好,太年轻了不懂事,年纪大了又太懂事了。

“斌总,您还有什么要说的么?”小简说。

“你们呀，一心想着最危险的地方也最安全，偷情偷到我家里来。”斌总对上述三人说。然后他转过身，痛苦地做出手势。小简他们将奸夫、延鑫和雯雯全投池塘里了。那水塘的水是铜锈色的，密密漂着一层浮萍。池塘里则是深不可测的烂泥。它就像一种饕餮怪兽，什么都吃，什么都不放过。今天它饱食了三个活人，为之打嗝不已。斌总努力分辨着水面上那些大得可怖的水泡，哪些由雨滴击打而形成，哪些由物体沉入水下而形成。想要分辨，还是可以分辨清楚的。

7. ——

斌总醒来，是因为虑及一事：每到冬月，池塘必然干涸。届时，三个泥人总有一个会暴露于群众眼前。起挖之时，也许泥水还会从鲜活如初的尸身掉落。醒来之后好一阵子，斌总才明白自己身处何地。一辆黑色奥迪正拉着他朝WXW大厦平稳行驶。抵达后，他将进入地库，驾驶一辆以他人名义登记的车辆，独自前往金龟园，和雯雯相会。斌总觉得自己在梦中做事太狠，动静太大，像这样的事，在现实生活中，打发人家走就是了。

“刚才我说梦话了么？”斌总问。

“没有听到，斌总。”司机说。

“瞧，最近工作给累的。”斌总说完，沉默不语。

完于2018年6月27日

* 中篇 *

骗子来到南方

一

我从红乌西站出来。两年前，也就是二〇一七年九月，这座高铁站开通运营。从此红乌到武汉和北京的行程分别被缩短为一个半小时和四个半小时。我是从故乡亲友的微信朋友圈知道这一消息的。对久居红乌、因志气和体能丧尽而失去迁徙可能的人来说，这条消息是对他们的一次重新命名和授予，会带领他们进入虚幻之境。同样的幻觉在一九八九年武九线红乌站建成通车时出现过一次，在同年底红乌撤县建市时出现过一次，在二〇一〇年杭瑞高速公路红乌段建成通车时出现过一次。每一次，人们都感觉自己置身于世界与历史的中心，或者至少，是被纳入某张网或某个体系中。事实较凄惨。火车给红乌带来的只是几个骗子，有一年捎来一名杀手，他沿红乌市区主干道一连杀害七人，而捎走的则是一批又一批要去大城市挣钱的劳力。有几年春运，火车门根本不开，人们不得不砸烂车窗，将亲人连带行李塞进去。在二〇一五年第一期的《世界轨道交通》杂志上，一篇署名吴献龙的文章谈及高铁的“虹吸效应”，它这么说：“中小城市利用高速铁路带来交通发展、吸引人才聚集的想法并不能实现，而是更多的资源、人才被沿线的大城市所吸引，造成小城市越来越缺乏活力。”

它说得没有办法再有道理。

我从红乌西站出来。和我一同出闸口的不足十人，我们作为一支渺小的军队行走在有二十几亩地大的广场。一块块、足有四十万块的正方形大理石砖拼凑成它。广场边缘停靠几十辆出租车。一些司机跑来揽客，其中一名说：“一位一位一位嘞，你一来咱们就走。”但在走近后，我发现车里并无其他乘客。“你再等等，再等一位咱们就走，”他说，“或者呢，你加五元钱。”

“行吧，加。”我说。

汽车经过占地面积达六十亩的市体育公园。主体育场有一万三千个座椅，是中乙一支球队的主场，报道说常有数千人观赛，我去过两次，都只有几百人。在体育公园和高铁站周围，是挖开一半的山体，露出整整一面的红土，远望过去，会发现它有一种往下不知为何的呆滞感。汽车通过被废除的原市区中心，北上，经过人去楼空的钢管厂宿舍，右转，到达此行的目的地：毗连红乌站的永修路。过去，永修路叫农商街。几乎在红乌站建成的同时，农商街夹道建起两排三层的商品房，我父亲在路北买下一幢，左邻姓梁，右邻姓温，如今这两家均已易主。我祖母和父亲都是在这幢屋内辞世的。他们在生前最后几年饱受疾病折磨，我记得父亲已经死了，喉结那还鼓动一下，呕出一口黑血。母亲有一次说，她听见死去的我祖母在阴暗的室内一边摇扇一边走动，不停地诅咒她。买这幢屋是我父亲一生所做的最失败的决定，让一大家子人住进商品房的欲望战胜了他的理智，他原本应该是故乡少有的几个理性的人，能站在事情面前认真分析。我仿佛听见开发商对他说："就差你一家了，你住进来咱们就和自来水公司签协议，接通自来水。"或者："火车一响，黄金万两。"

后来因自来水久不能接通，农商街居民在房子里掘井、装手摇水泵。我记得作为中学生的我和弟弟，每天不得不手握摇杆，各自压够两百下，好让鼓着大腹的粗陶缸注满水。我们都责怪对方压的次数不够，在偷懒。我一边压，一边望向盖住天井的玻璃。光线透过它照下来。我在想："还有比这种枯燥的劳动更让人难以忍受的吗？"后来我在越来越多的名人著作里看见同样的感慨，比如加缪的《西西弗神话》、陀思妥耶夫斯基的《死屋手记》，要么说"再没有比进行这种无效无望的劳动更为严厉的惩罚了"，要么说"我想，几天之后，囚犯就会上吊"。

最近我在读韩炳哲的《娱乐何为》，发现在第五十一页，编者提供了这样的注释："埃古普托斯希望自己的五十个儿子娶他兄弟的五十个女儿，达那俄斯被迫同意，但却命令女儿们在新婚之夜杀死各自的丈夫。四十九个女儿遵命而行，因犯罪恶，被罚日夜打水，而水缸永远不满。"我记得自己在参加警校新生军训时，因无法忍受教官命令我们成百上千次地做同样的动作，而选择罢训。二〇〇二年，因无法忍受在办公室日复一日地撰写材料，我辞职离开红乌。

二

我走入在永修路30号的家。我要在这住上些时日。父亲是三年前辞世的，母亲在她漫长的人生里第一次获得自由。葬礼结束后，我们从她脸上看见一种被解放的欣喜。十三四岁，她就开始照料自己的父母。后来和我父亲生下七个孩子，其中两个夭折。她将五个孩子照料大，又开始照料孩子的孩子一共五人。此后，她又开始照料卧床的我祖父、我祖母和我父亲，直至他们先后辞世。现在，虽然被糖尿病、心脏病折磨，她仍然享受一个人待在家、自由自在的感觉。她掌控着这幢房子。没人能把她请走。

天井下的水井已填上，地面贴着像河水一样呈亮灰色的瓷砖。这块地方应被视作穿堂，连接着客厅和厨房、卫生间。我注意到卫生间贴墙安装着一根水管。水龙头的扳手开关被转到一个位置，水从出水口滴滴溜下，坠入水桶。我想到，这是一种生活经验，或者说生活伎俩。单位时间出水量虽少，但水表内红三角不转，因此不用缴费。况且只要不管它，一上午的工夫，它就准能给你蓄满一桶水。要到解手，我才知事情并非如此。从马桶水箱压不出水。我得用瓢到水桶里舀水，冲掉秽物。“是水只有这么大，厨房的水也只有这么大。”母亲说。我将厨房水龙头的扳手开关几乎转到顶头，发现水流也就细线那么大。母亲说：“这还算好的。一到大家煮饭、洗衣，就更没水。早上打开水龙头，水还是黄的。要放一阵子，水才清了。”

“那怎么生活？”我问。

“慢慢积水呗。过去在农村，没自来水不是一样生活？”母亲说。

母亲提到，隔壁邻居的情况差不多，他们处理的办法是在家里装上价值四五百元的增压泵，或者在楼顶装水池（一说水塔），将水抽上去贮存，使用时再输送下来。具体原理我不懂，也未去实地察看。我只听母亲嘟囔，自打邻居这么干，分摊给我们家的水就更少了。

将洗澡时，我打开热水器，发现只有少量的水像伤口的血一样，从花洒浸出来。我打车让司机带我去澡堂，发现原本建在电池厂和通江东路的两家扬州洗浴中心已经关张。司机说："家家户户有热水器，谁愿意来澡堂洗？"最后我到宾馆开钟点房才洗成澡。

我决定打电话给自来水公司。母亲说："打了啊。光一家打没有用，要十家一起打。可是在家的都是老人家，没法打。年轻人都在外头。即使在屋，也不见得齐心。"我说我总得试试。我从网上搜到自来水公司客服电话。能判断出接电话的是一名毕业不久的姑娘。我们命名她为A。A说普通话，客客气气地让我记下维修部号码。我没听清，她耐心复述。我拨打至维修部，接听者是一名年过而立的女人。我们命名她为B。B心中有无尽的烦躁。之所以说话还礼貌，是出于谨慎（比如：万一来电话的是巡视组的什么人呢）。这种礼貌异常冰冷，甚至可以说寒气刺骨。她让我打电话至北郊分公司。我查找到该分公司电话，拨打过去。接听者是一名年近五十的大姐。她冲着我的耳膜大喊："你做么事？要做么事？"

"我要修水管，我屋里快没水了。"我说。

"你不懂拨打自来水公司的客服电话吗？要我教？"她说。

我们命名大姐为C。C叫我找A，A叫我找B，B叫我找C，如此沿一定路径不停流动，情况有点像矿井里的"循环风"：

我知道这条路在故乡无法走通，毋宁说是确认它走不通。不久，我与初中同学吃饭，聊及此事。胡漾说有朋友叫何辉东的在自来水公司。胡漾拨打何辉东电话。胡的手机底部有一排孔眼，从孔眼里传出何辉东的话：“你说的事我能不办吗？”

回家后，我按胡漾给的号码，向何辉东发短信，说明大致情况。此后我致电他。我有种感觉，我是在给一名仰躺在哪儿的醉鬼打电话。他抓着手机，一个字一个字地对我说话，字与字间很间隔了些距离。几次我以为他睡过去，他又把剩余的话说完。“喂，哪里啊。有数。了。你等。着吧。我向冯。总汇报一声。去办。都是兄。弟。”他说。后来我只听见他粗重的呼吸声。我说：“何主任那我挂了啊？”不见他应声。我斗胆挂了。一直在旁竖耳谛听的母亲走出门去，将自来水公司要来维修的消息散布出去。我们在家等了近一个礼拜，不见谁来。

三

我家门前铺的是水泥路。沿马路东行一百四十米，能找到通往人民公园的歧路。我父亲自二〇〇九年中风不良于行后，多半时间用于公园锻炼，期待能再次拥有如飞的步履，或者像骗子承诺的，“可以重新下地劳动”。直到二〇一六年十月凄惨地死去。我每次走进那条贯穿公园、被露水打湿的沥青路，都会想到父亲曾在此艰难前行。他用右手捉住蜷曲的左手，朝前迈出右腿，定定，然后将左腿朝空中划去，划出一道优美的弧线，落在眼前。我想到像蝴蝶一样围着他飞的好奇的小孩子。公园里有一些穿着透气、紧身运动服的跑友。二〇〇二年我辞职离开红乌时，县城还没人跑步。现在，不去健身的人似乎很少。就连我的母亲，也习惯在四点起床去做操。

我沿公园的缓坡上行。每行六步，就因胸闷憋气不得不停下。我在此遇见市人大常委会副主任澹台诗晨。澹台主任和夫人一边往下走，一边大幅度做扩胸运动。擦肩时，他一拍巴掌，说：“这不是安顺老师吗？”澹台主任仅比我姐大一岁，可我总觉得他是上一代的人。这可能和他身居要职有关。澹台主任是邻县人，十七岁师范毕业，分配至我们红乌一家厂矿的子弟学校执教。因文采过人，被借调至市档案局、市委组织部。后官至市委组织部秘书科科长，又在林场、乡镇和市委办任正职。四十四岁时当选市人大常委会副主任。澹台主任笔名“吴楚”，时有诗作在省市报刊发表。以前曾赠我诗集《中部省份的西格蒙德》，其中一段如下：

> 必须重视美、清洁和秩序
> 特别是把秩序引入生活的河床
> 肥皂应被视为文明的标志
> “啊，自然的微粒！”
> 古今皆然，但是我要缓和这沮丧

我少于研习诗歌，不知道别人诗歌的好。我猜这样的诗句不会坏。我和澹台主任认识，是因为彼此都热爱文字。或者说，都想吃这碗饭。我们的友谊相当于一名染匠和另一名染匠、一名木工和另一名木工的友谊。我的作品被翻译至七国发行的事迹，对故乡人而言，如秋风之过耳，在澹台主任那里却激起极大反应。我写过一篇反响寥寥的长篇，有十八点八万字。澹台主任说他一字不落地抄下来，抄完五个笔记本，抄坏三支圆珠笔。今天，澹台主任穿白色汗衫、黑色金丝绒裤，蹬一双耐克鞋。外套缠系腰间。平日他将头发梳成分头，用发胶定型，今天只是任其蓬松地挺立。另外，因为是邻县人，澹台在我们红乌只好说普通话。我们小地方人容易对说普通话的人产生尊敬。澹台主任过去常解释自己也是乡下伢子，后来，面对人们持久的盛情，他逐渐感觉却之不恭。现在他就是用一口标准和高昂的普通话朝我说：

“什么时候回来的，回来怎么也不打一声招呼哇？”

“没几天。这不怕您忙吗？”

“身体最近怎么样？”

“还成。就是上坡时还有点喘。”

“你得多回来，呼吸呼吸家乡新鲜的空气。”

澹台主任见我手拎一袋换洗衣裤，又问：“你这是要干吗？”我说去宾馆洗澡。他说家里就不能洗吗？我没说自来水公司的不是，只是尽情叙述家中的窘境。我说我家的自来水可真细啊，细得比懒汉打盹流下的口水还细。澹台主任的眉毛就往眉心聚拢。他火气冲天地说：“真是岂有此理，这些人就是拿着国家工资吃闲饭，尸位素餐。”他对我许诺，事情定会得到妥善处理。他讲，曾有人大代表就类似问题提交建议，自来水公司答复时强调了很多客观原因。“现在看来，这不是某个地方的问题，而是很多地方的问题；不是什么个别的问题，而是普遍存在的问题。这个月正好是‘代表建议督办月’，我请我们人大领导全去自来水公司看看，到底是什么原因让我们的大作家吃不上水。”澹台主任说。

四

不日，一辆白色郑州日产皮卡开到永修路。下来七人。其中六人穿浅灰色工服，上衣兜插笔，肩挎帆布包。另一人穿带肩章的浅蓝上衣，着藏青色裤子。上衣掖进裤内。这个明显是领导的人，就是何辉东。何主任带队来到我家门前场地，让他们站成一排。最左者身高体大，脊背挺直，是当排头兵的好材料。何喊“整理着装”，带头捏领子、纽扣开襟，众人跟随象征性地捏上一遍。何喊“向左看齐”，排头兵不动，其他人向左转头，脚步窸窸窣窣移动。又喊“向前看”。又喊“报数”，从排头兵开始，一个个转头将数字递下去。最后一人是用方言报的数，“六”报成“录”。又喊“立正”“稍息”。街坊们背着手，都来看热闹。何主任例行训话。训毕，喊“解散”。他们捡起地上的帆布包，跟随何主任来到我家门口。我母亲眯眼，露出一口假牙对他们笑。我记得何主任大步走来，双手捉住我母亲的一只手猛摇时，胸前的领带随风起舞，舔了一口我母亲长着斑块的脸。

“你就是邓姨吗？邓姨你好啊。”他说。

看见我从室内的阴影里走出来，他又说：“这位想必就是我们的大作家邓安顺邓老师咯。你的书我都读过，妙趣横生，精彩至极。记得给我签名。”

我从没在一个人身上看见如此亲密的笑容。这种亲密超过空姐、导购以及骨肉中表。不独我，那些街坊，这一天也感受到这久违的只有在婴童时期才能感受到的来自他人的亲密。“就跟有很深很深的血缘似的。感觉手上有点钱，放他那，比放自己手里还安全。”街坊们说。

母亲请他们进屋坐，他们婉拒。母亲将板凳一张张端到场地，只有一名长着铁灰色头发的员工坐下去。他大概就是何主任对我母亲说“我把我们公司的活化石带来了”的“活化石”。“活化石”一边蘸口水，一边翻动一只蓝色皮面的账本。像母亲推测的那样，永修路自25号至34号共用一根从过境主管道连接过来的支管。何主任指使员工去这十户调查。十户中，六户在家（其中两户是承租人在家），四户门上悬锁。这四户中，两户是孪生兄弟，在城东经营超市，闻听后，共骑一辆电瓶车赶来；另两户在外地，嘱咐亲戚带钥匙前来。其中一户锁坏了，亲戚做主，借来锤子，一把将锁敲落。自来水公司员工入户前，要给鞋子套上粉红色的一次性鞋套。住户普遍劝阻，有的甚至扯住鞋套不让套。

他们表示这是规定，不能不套。他们进入厨房，给水龙头接上水压表。先是一家家地测水压，后来把十家的水龙头一齐拧开，看各自的水压还剩多少。数据通过对讲机汇报给“活化石”。之后，他们又询问十户人家的户主或代理人。这些人和我母亲态度一样，只要自来水公司能修好，哪怕费用自己来出也行。问完，自来水公司的人聚在我家门前的场地商议。“活化石”一个人走到水泥路面，用脚步来回丈量。他停在一棵伞状的树下。

“你们有没有注意到，这棵树比别的树要粗，叶子也相对茂盛。”他说。

“你这么一说，还真是。”有人应道。

“说明它根部有水，水管就是从这破的。”

有人问是不是用漏水检测仪检测一下，他大力挥手，说：“不需要，百分之百是这里。”他在树干上缠系一块红布，用粉笔在邻近水泥路面画上一个方形。此时，何主任电话声响。他一瞧号码，身体瞬间打直。他一边朗声应答，一边毕恭毕敬地点头，说“是、是”。不久，市人大常委会副主任澹台诗晨、朱晓雨，副市长王琢越，住建局局长王静，自来水公司总经理冯威携十袋生态香稻米、十瓶金龙鱼油、十盒月饼，驱车来到永修路。随行的有市电视台记者。何辉东身轻如燕，小碎步子，在领导跟前跳来跳去，详细介绍情况。一些数据精确至毫米。因为太感光荣，他脸色灿烂如朝霞，眼中迸发出透亮的光。后来，我和母亲在电视节目《红乌新闻》里看见专题报道：人大“问水”。母亲指着屏幕上喜庆的老妪说：“这是我吗？我这么老啊？”

五

翌日上午，三名来历不明的农民工身穿荧光背心，头戴安全盔，来到永修路，找到缠系红布的树及路面用粉笔画好的方块。这就是自来水公司指定采挖的路段。农民工在路段两头摆放红白两色相间的锥筒。锥筒之间牵线，悬挂一溜三角旗。我记得因为少一个锥筒，他们找来一只灭火器顶替。之后他们从三轮车将配电箱搬下。他们想从29号的蓉蓉美发店接电。开店的姑娘害怕给房东添麻烦，未同意。他们找到我家。他们尚未开口，我已欣然同意。他们中年龄最小的那位给电镐装上六角尖凿。银灰色的尖凿从包装里拆出来时，掉在地上，发出“叮”的一声脆响，显示出分量非凡。

过去十七年，我在苏州、塘沽、燕郊、北京谋生，住过十六间房子。就像牛蝇追赶牛一样，几乎我去哪，电镐声就追踪到哪。有时听起来像在耳边，然而在楼内甚至是整个小区找，都找不到。今天——说来也是有缘——是我第一次看见电镐真身。小伙子戴着墨镜、手套，双手握紧它，让凿头对准水泥路面。他只是按了一下开关，镐身就发出让人熟悉的怪叫声。随着凿头剧烈振动，水泥路面出现龟裂，很快碎裂成一块块砾石。小伙子击穿一处，把凿头对准另一处。他是那么平静。仿佛这没什么。我是个有妄想病的人。我贪婪地看着眼前的一切，心脏被可怕的想法攫紧。我惊叹于它强大的破坏力：在想要毁灭什么时毁灭就已无法挽回地完成。有人一定打过主意，将振动的凿头对准白净的肉身，让鲜血从开膛的地方飞溅出来，在半空中形成一道血帘。仅仅这样想，我就大汗淋漓。后来走路，双腿还略感发虚。

水泥路厚十四厘米。凿完，年轻人放下电镐，甩动因长久抓握而变得不灵活的手指。他的同伴之一伸手去摸滚烫的凿头。经验告诉他会发生什么，他还是忍不住去摸。果然，在触及的同时，他的手就受惊地缩回。他夸张地叫起来。水泥路下面是土基。他们用铁锹挖土。他们挖一会儿歇一会儿，背靠背坐下来抽烟，并将沾满口水的烟蒂扔得满地都是。后来我在那一颗烟蒂也没看到。我想它们要么是和砾石一起被清走，要么是被清洁工扫掉。有时他们打扑克。每打一局，输家就骂骂咧咧地付钱。挖到一半时，方坑已然像葬人的坟穴。伶俐的小伙子在里边躺直，佯装发出畅美的鼾声。又叫同伙立在穴边，为他默哀致意。唉，那俩中年人满脸迟钝，根本不知道配合。要到下午四点，在太阳最后一次发出刺眼的光芒，并且那光照在人身上还使人灼痛时，他们才将涂满泥污的水管挖出来。方坑已有九十厘米深。自来水管直径六七厘米，粗细如矿泉水瓶。因为锈蚀，它的外表长着深红色的斑块。水正从数处孔眼往外喷溅。围观者越来越多。包括住在红叶宾馆的台商唐南生。唐身高一米五，腹大背驼，小肩儿向下溜。前额光滑，因为光滑，额头弧度显得大而饱满。顶上只有一小绺头发，耳后却有茂密的一团。他还留络腮胡子。因为年近花甲，这些毛发多数像雨丝一样呈银白色。他这会儿把手拢在嘴前点烟，然后用自以为有磁性的沙哑嗓子说："所以，基本上，它起的是一个让人比较不那么开心的作用。"没什么人理他。他欠本地很多人的钱，每天做的事就是借钱来还款，或者许诺去借钱来还款。他不像过去那样拥有庞大的信众。只有那三位干活的农民工，在听他说话后，血液涌上面颊。仿佛是他们搞坏了水管。当然，脸红也可能是因为有几十双眼睛俯瞰他们。

唐南生用完烟，背着牛皮书包，往永修路西头走。然后沿人民北路南下，到被废除的原市区中心，也就是老红绿灯那儿，去找肯德基。他吃完汉堡、薯条，要么即刻沿原路返回，要么坐在肯德基外的台阶上，看来往女性。有时他会向她们中的一个搭讪："小女生啊，我跟你讲。"

六

晚上，没有火车在红乌站停留，也就不会有拉客的小车在附近往来飞奔。永修路共架设二十盏路灯，如今还在照明的有五分之一，光线暗淡。在永修路东头，再往东一点，一段砂石小路的南侧，青松翠柏中，矗立着一座叫"壹号公馆"的娱乐会所。白天看，它是一栋大门紧闭的独立别墅。墙皮部分脱落，露出殷红的砖头。窗户也多有缺损。屋前的喷泉池生长着杂草，已经荒废。到了晚上，公馆灯火辉煌，从大厅和廊道传来男女嬉戏的声音。声音在墙壁形成嗡嗡的回响。永修路住户多为老年人，他们商定这是鬼宅，反复向年幼的家人交代："你可千万别过去失了足成千古恨啊。"这些老人习惯早睡。一到晚上九点，生物钟就提醒他们，让他们连打哈欠，沉沉睡去。

我们所说的这一夜，永修路上，只有三位农民工在干活。他们不再从我家接电源。自来水公司员工符马活（就是那位"活化石"）前来察看采挖情况时，提起要给我们家补偿一笔电费。我说区区小事何足挂齿。符马活说还是要付一百元的。不过后来没见谁来付。我不知道农民工是从哪里接电的。他们将工作灯悬挂在那棵伞状的树上，雪白的光照向敞开的洞口。他们携带电焊枪、法兰盘、扳手等可以想见的工具下到洞内。支管的阀门已经关好。黄昏时符马活给我们十户人家通知过，他叫我们提前蓄点水。我们说敢情好。其实就是蓄，又能蓄到多少。我睡得并不比我母亲晚多少。从我家门外传来焊接管子的吱吱声。可以想见那火星一定又密又多，正飞溅向穿戴严实、手执面罩的工人。子夜，我被一阵响动扰醒。那声响有点像是我父亲在咯血。咔咔有声。正从一处蹿向另一处。逐渐地我意识到是我家水管跑进了水。门前漏水的支管已维修好，阀门已经拧开。那股水像是犹疑的动物，试图冲过管道，却总是在跑到一处时刹住脚，张望四方，好判断有没有危险。最终，从我家楼下没关好的水龙头那传来它奔腾而出、砸向地面的响声。母亲耳背，没有听见。我因懒惰，也没下楼去关水龙头。清晨我才下来。母亲裤腿高挽，赤足走在清澈的积水里。她一边打扫，一边笑着对我说："水好清，我对着水龙头喝了好几口，比细时在泉眼口喝到的还凉还甜。"

农民工永远地消失了。方坑被填上，一部分土没有回填进去。我们那习惯用筐来计量土，他们说差不多有两筐土没有填回去。善于利用一切机会教育儿子的街坊魏寒枫，把儿子叫过来，说："这个坑有一点八个立方。我们假设挖出来的土重一吨，现在回填进去的却只有零点九吨。你说说因为什么。”他那左撇子儿子魏星真搔抓后脑，低首看地，一言不发。

“你说说看。”他父亲催促道。

“不知道。”他说。

魏寒枫抓住魏星真两肩来回摇动，说：“你呀。挖掘前的土基是碾压过的，密度大体积小。挖出后，土块松散，有了很多空隙。这是自然常识。”

土堆边搁着被切下的水管。在它表层长满大小不一的疙瘩。有的地方疙瘩脱落，出现穿孔。盯着它看，像盯着一张被硫酸烧伤的脸，或者一截在手术中被取出的肠子，心中会有惊悚。水管两端被切割得极为整齐。有人说是钢锯锯下来的。有人反驳，恐怕是用切割机切下的。用钢锯切，还不切累死。而且钢锯怎么能切得这么齐。不多久，永修路上开来另一支施工队。一辆自卸车倒、倒、倒，倒到工段边沿，举升货厢。沥青滚烫冒烟，从倾斜的车厢底板滑落向浅浅的路床。工人们用铁锹铲起沥青，均匀浇向各处。又用木耙子推平。又推来一台手扶夯实机。又开来一台振动压路机。将沥青反复碾平、压实。看着沥青不够，自卸车又举升货厢，倒出来一些。最终，摊铺进来的沥青与路面齐平，看起来像一块方形的芝麻糖。几名小孩跑来，踩来踩去，享受它的黏性。他们自己玩玩也就罢了，还招呼别的小孩也来。直到他们的妈妈跑来，大巴掌扇向他们的屁股。

自这以后，我家的水就来得特别大、特别猛和特别欢腾。水龙头下冲出的雪白水柱，有大拇指粗，击打于手背甚至有痛感。母亲把积压在箱柜内的衣物全部抱出来洗。洗到后来连抹布也不放过。母亲还找出废弃的皮管，接上水龙头，对着后院的菜地浇灌。那些萎蔫的油菜，一个上午就获得巨大新生。翠绿肥大的叶子摇摇晃晃，越看越淫荡。它们简直是张开双臂，抢着过来迎接水柱。从松过的土壤那里，传来猪一样“吧唧吧唧”的饱食声。母亲同情地看着土巴们，说：“孩儿们别着急哈，又不是没有份，个个有份，都有份。”我在卫生间洗澡。我给身体打沐浴露，搓得到处是泡沫。然后打开花洒，看着泡沫在热水的冲击下，全部掉向地面，从地漏旋转着溜走。我的母亲跑到邻居那儿，提醒他们不要用增压泵：“（现在）水通了，水压正常了。再用（增压泵），水压就高了，容易把水管撑破。”我知道母亲的用意。她是怕自己得来不易的水，被别人用增压泵又给截走。

母亲从此过上幸福快乐的日子。

七

人看管得最严的不是自己的孩子，而是钱。为了让人把钱从袋中掏出来，借款方说出比糖还甜的话，频繁许诺。有的还抽出刀子威胁。唐南生让人掏光自己和亲人朋友的钱，有的还去银行和钱庄贷款来满足他，依靠的是拒斥的技术。我得解释，我之所以知道这些事，并非因为我打听过它，而完全是因为我无法不知道它、不得不知道它。有人说，红乌市区有接近五分之一的人卷入这场融资游戏，几乎每家就有一个。我的哥哥、妹妹、堂兄、堂弟、表姐、表妹以及初恋情人，要么直接卷入其中，要么间接被牵连。

六年前，一个请风水师看过的吉利日子，唐南生及其更江南集团在刚搭建好的售楼处发售股权，我们红乌人蜂拥而至。队伍排起长龙，超过五十名警察、保安进驻现场维持秩序。邻人的广泛参与、国家机器出面，以及之前市四大家领导（他们的专车车牌正好是从01到04）同来剪彩，使人们感觉自己的投资行为得到担保。这件事直至变为灰烬，庞大的工地结满蛛网，部分投资者还是对唐南生及其更江南集团充满信心，认为时间终究会给出令人信服的答案。队伍前方，一张栗色的电脑桌上，堆放着一摞《投资入股协议书》。排到最前的人坐上带滑轮的圆凳，或者弯腰，在一式两份的《协议书》上签字。唐南生的搭档、集团总经理续章代表甲方银象江南投资有限公司签字。在文件的盖章处及骑缝处已盖好公司印鉴。《协议书》约定一笔股金为十五万元，每人最多认购二十笔。认购股金须在协议签订后三日内缴清。一摞签完以后，秘书又抱来一摞，并在桌面蹾齐。新的一摞签了不到十份，搁在桌面的对讲机发出嘈响，传来唐南生尽力压制的话："请续董过来一下。"从声气判断他刚从后门进入办公室，对事情发展超出预期深感不满。续章对秘书说："不要动它。"女秘书取镇纸压住文件。站立后头的保安移步向前，双手后背，看守住它。续章进入办公室。反身锁门时，对外张望了一眼，似乎是怕人们听见将要发生在办公室内的对话。片刻，从里边传来霰雪雨雹般的责骂："干林娘[1]，我们是要外钱，可是，不要那么多，你知道吗？外钱太多，我们做事的目的就不是，替自己挣钱，而是，做公益，你知道吗？"人们仿佛看见唐南生正揪住续章的一只耳朵，让那只耳朵老老实实地听他讲话。汗水从续章的下巴尖滴滴流下。一会儿，身高一米八的续章从办公室走出。他张大鼻孔吸气并且咬紧腮帮子，脸色惨白。坐下后，他将那摞《协议书》揭走一半，丢进抽屉。想想，又从那留下的一半里揭走一半。他对过来签字的排队者说：

"能不能只买一笔？"

"为什么？"后者问。

1　干林娘：唐南生使用台湾口音骂人的脏话，后文同。

“买那么多干吗？你家里不生活不吃饭吗？”续章说。

这时，从挂在屋檐的喇叭里传来唐南生的劝告声：“入股有风险，投资请谨慎。涉及钱的事我奉劝你们多加考虑，最好是翰[1]家人一起考虑。考虑成熟了，再做决定。毕竟，这是把自己的钱交给别人。”又说：“我们双方都考虑一下，今天就签这么多。明天，我们再拿出一个让双方都满意的后续方案。”几个排在队伍中心的人明白到什么，跑向前头。余人一看，也往前冲，为的是抢夺桌上的《协议书》。售楼处的门面只有那么大，一旦有人占据那儿，就有人将他往后拉。那些占据到前排位置的，无不是靠双手死死扒住桌沿或门框才得手的。他们扭动腰身，阻止他人向前。或者学骡马尥蹶子，踢后面人。后面的人呢，有的试图从觅到的人缝挤进去，有的牺牲身体平衡，朝前长长地伸出手臂，有的大呼在前的亲友，请求帮忙带一份出来。半空中全是人所发出的“嗡嗡”的嚷叫声，它们像乱飞的箭支，彼此交会、撞击，甚至是穿透。一时沸反连天。因为拥挤，最前排的人终于扑倒。原本是立体的四脚电脑桌被压成平面。一个人因为踩在带滑轮的圆凳上，仰面摔倒，被送救治。一度，他手上抓着三份《协议书》。他在向病友表述时，感喟不

1　翰：意为“和”，唐南生用台湾口音读作“翰”，后文同。

已。原本他计划好一份给父亲，一份给外父，一份给自己。倒地时，他手中的《协议书》被一份份地扯走。“我要是有一份也好，一份也没有。反而得了脑震荡。里外里，隔多大的事。”他说。保安不得不手挽手组成人墙，将群众阻挡在售楼处外。一些人计无所出，想到一门古老的手艺，从钱包取出一张或两张人民币，晃晃，塞入某位保安裤兜。那保安无法抽出手阻挡这不义的行为，只好叹息一声，稍稍让开身体，让行贿者猫腰钻入。这应该是我们红乌撤县建市以来，市区所经历的最大一次群体性事件。其规模似不亚于光绪三十二年上千农民捣毁厘金卡、一九一八年八百农民开仓夺粮六万斤等县志有记载的事。最后，人们在现场再也找不到一份《协议书》，就是连白纸也找不到。那些一无所获的人返回家后，将被连篇累册地数落。对他们而言，痛苦是双重的。一是错过近在眼前的致富机会，二是再次在街坊面前暴露出软弱和无能。过去他们和学区房无缘，现在又没办法弄到一份由银象江南投资有限公司盖章的《协议书》。他们在社会中的估价再次被无情地压低。

八

需要补充的是，那些抢到《协议书》的，几乎是瓮中捉鳖，将续章捉到，然后往路肩上一放。“签！”他们带着凶狠然而你没办法举证说它凶狠的语气说。他们看着续章将《协议书》垫在膝头，甩动钢笔，龙飞凤舞地签名，无不面露狞笑。签过百份之后，续章因为想到什么（我估计是罪孽），舌挢色变，签字的手麻痹起来。穿白大褂的中医院医生吴迪走来，抓住续章那比鳖壳大的手背按压，又甩动他手臂。

吴迪问："还麻呗？"

续章说："似乎是不太麻了。"

吴迪说："不麻就把我那份签了。"

据说续章的搭档、集团董事长唐南生看见之后，眉心紧皱，捡起桌上的玻璃杯就摔。他懊恼地说："谢谢啊，我谢谢你们（祖宗八代）啊。"然后钻入玛莎拉蒂轿车，扬长而去。续章嘴唇嘘着泡沫，说不能再签，这样签下去会死人的。人们哪里管得了这么多，把他背到老人平时下棋的石桌那儿继续签。就是回到宾馆房间，还有十数人跟去。“你有那么多的资金和那么大的财力吗？”续章说。

“这个不用你管，我们说没钱也没钱，有起钱来，也吓死人。”他们说。

次日一早，有两家银行将贵宾室辟出来，专门处理客户对更江南集团转账的业务。客户将钱如数转入指定账户，集团方面开具收据，作为客户日后领取利息及房产、参与分红并且到集团上班的凭证。更江南集团在售楼处也设立收款处。人们排队交付现金。一些人又犯下失心疯，冲到队伍前，将成捆的钱朝里扔。验钞机因持续工作，滚烫发热，发出就要烧焦的臭味。在人们的恳求下，转账截止日期被推迟两次。因此，整整七天，都有人找更江南交钱。像前边说的，有的人为凑足钱去借高利贷。实在凑不出的，就吵着向更江南打欠条。这就好比人家向你借钱，你反而向人家借钱，好把钱借给人家，从道理上讲不通。更江南予以坚拒，后不知为何心软，给一个人开了口子。这个口子一开，有四十余人仿照办理。

融资前，唐南生去本地东方红艺轩工艺品店定制半卡车的奖杯、奖盘、奖牌、奖章和获奖证书，还有一些摆件。我想之所以在本地定制，一是怕材料易碎，不宜长途搬运；一是唐南生融资经验丰富，认定客户尽是些蠢货，事情做起来没必要太过谨慎。现在有些骗子对受骗者的不尊重已到顶点。我曾见骗子接受采访。他说："不是我要骗他们，而是他们要我骗。我不骗，他们不干。"或者，"我清清楚楚地告诉他们，我骗你们的。他们说你怎么能骗我们你是骗我们的呢。"他说："盛情难却，我只好骗咯。"我之所以说这些，是因为后来人们在讨债队伍里发现东方红艺轩的店主。他们夫妻抱着试试看的态度，给更江南集团投资三十万元。唐南生到省会找打字店合成一些自己与领导、明星、富商的合影照片，并租用一辆玛莎拉蒂轿车。轿车自带车牌，号码后四位是2104。唐捻断茎须，计上心来。以后他和他的业务员总是说，国家用五十年时间发展第一产业、第二产业、第三产业，成绩有目共睹。步入二十一世纪，中国六十五周岁以上人口占比超百分之七，至二〇二七年，将达百分之十四。中国从老龄化社会迈入深度老龄化社会指日可见。对这一严峻形势倘无应对，大好基业将轻易葬送，一切美好也会付诸东流。所幸我们政府最擅长于面对困境，解决困难，他们像我崇拜的南加州大学经济学家李松（Sunny Lee）所说的那样："若不能克服自己的弱点，就把它变为优点；若不能克服不利形势，就把它变为有利条件。"他们在过去将人口负担变为人口红利，使超过十亿待养的国民变身中国晋级世界第二大经济体的建设者；今天，面对"养老困局"，他们除开针对人口生育政策翰退休政策做出调整，还尝试在税收、土地等方面制定优惠条件，推动养老业的商品化、市场化、经济化翰集约化发展，使养老业成为继农业、工业、服务业之后的第四产业，成为中国经济新的增长点。只是！执政者还不便于公开发布这项计划，一旦公布，就会对诸多等待社保养老的老人构成心理冲击，增加不必要的社会矛盾翰改革阻力。所以！执政者要找有实力的企业、商人輸朋友来，争分夺秒地，悄悄地，把事情做起来。国家对这件事是鼎力支持、有总量布局的，因为不便发布红头文件，就将它命名为“二幺〇四工程”。换言之，是“二十一世纪优先发展第四产业工程”。其实，目前已有副国级的领导对工程公开表态。他在视察时接受采访，称政府的态度是“允许存在，有序发展，严格管理，低调宣传”。这么说不是政府要打击輸控制，而恰恰是以谨慎的口吻将赞成的声音放出来，让参与者吃定心丸。国家对养老业的重视，在我们省体现得尤为明显。我们省森林资源丰富、工业环境污染少、气候温暖湿润、交通网路发达，是“二幺〇四工程”理想的落地省。我们省也围绕国家决策，提出“养老立省”的口号。只是大家还不常在电视輸报纸里看到。但是你看新修的省政府大楼，如果有心去数，就一定能数出它的外墙玻璃一共是二千一百零四块。还有，你们看，摆在我们售楼处的大象石雕，是省发改委赠送的；大象后面的巴西木盆栽，是省计委送的。寓意何在？聪明的朋友马上猜到。对，大！项！目！这些都在说明，我们省要建设美好的养老环境，将生活在长三角、珠三角、北上广乃至亚洲、世界特大城市的富裕奋斗者，吸引过来，安度幸福晚年。我们要建立起一批设施过硬、品质优良的示范性养老基地。今天，这样庄重的任务就落在我们集团、我们公司輸我头上。我本人对此虽心中有愧，但重任在前，唯有义不容辞。你们可以看我们的车牌，它是省政府特意选定给我们的，意思是要我们引领全省的“二幺〇四工程”。尊贵的朋友们，一块车牌虽小，但足以反映出省政府、省领导对我们集团、我们公司翰我的真诚鼓励与巨大鞭策。现在，我提议大家翰我一起念：

> 历史承载着每一个激动的时刻，
> 记录着我们的足迹与汗水。
> 这里有我们的声音，
> 这里有我们的灿烂的笑容。

然后我念“二幺〇四”，你们念“四四四”。

更江南集团还租赁三辆大客车，将一百名我们红乌的潜在客户载至邻省某市江南鲜花港参观。进入闸口，检票员手按计数器清点人数，并未拦下一人验票。大家以为，因为自己是唐总的客人，唐总已打过招呼，事实是更江南方面预先团购好了门票。进去之后，一名穿藏青色套装的导游追上来，一边掰开嘴前的耳麦，一边用雪白的牙齿和甜美的笑容说，失敬失敬，不知唐总的尊贵客人这么快就到达，抱歉来迟了。她提醒，因为大家是内部客人，参观最好低调进行，这么做仅仅是为着使大家不受游客打搅。她将大家领上瞭望台，手指远方。于是大家看清，在鲜花港边沿，种植着一圈有四种颜色交替呈跑道形的花带。在花带以里，又种植着一圈类似的花带。在这类似的花带以里，又种植着一圈与类似的花带类似的花带。“不知大家注意没有？这样四四方方的花带，鲜花港内一共种植三层，合起来就是‘四四四’的回声，反映出花海创办人唐总对祖国‘二幺〇四工程’的回应。”导游说，“说到这里，我不得不提一个八卦。大家肯定比我清楚京东商城。取名‘京东’，是刘强东为纪念自己和恋人龚小京的一段爱情。今天，我们看见的鲜花港，从设计、投资到拿地都离不开唐总。最终的掌控人，我们在大广告牌上也看到，是江满月小姐。我想说，唐总和江小姐认识多年，感情早已超越友情，但因为各自组建家庭，彼此唯有以礼相待。两人爱你在心口难开，最后只好将一段情缘化为招牌上的两个字。‘江南’，就是从江满月小姐和唐南生先生的名字里各取一个字。”我们红乌有一位投资人推搡旁人胳臂，说：“搞，我怕还是搞了的啊。”众人爆笑不止。游览毕，导游随客户上车，去苏杭继续参观。一路所见如东方之门、诚品书店、阿里巴巴、绿城地产、娃哈哈，在她嘴中，无不与唐总有莫大关联。似乎是为了给今后唐南生无力还款埋下伏笔，她还说：

“我们唐总呀，什么都好，就一点不好，摊子铺得过大。钱都撒下去，产生利润不知道要等到几时呢。”后来我们红乌有人醒悟，哪里有在花海工作的导游跟自己四处跑的呢。这还不是老骗子唐南生请来的托儿。可惜有此觉悟时，钱已转账到对方户头。

这样夸口吹牛的事，别的融资者也会做。使唐南生领先一筹的，是他懂得适度披露自己和项目的弱点。他发给客户看的《江南湿地公园及江南实验养老小镇项目前期可研报告》，四十页厚，用两会专用石头纸印制。《报告》的一部分笔墨用于阐述项目的宏伟计划，比如围绕红乌现有资源创建江南湿地公园、江南鲜花广场、江南实验养老小镇、江南实验老年医院、江南实验护理学院，打造一个总投资额超三十亿元的综合性商圈，使红乌成为“产城融合、宜居宜业的滨水生态园林城市”“亚洲首选老年生活城市”；另一部分笔墨则用于披露公司、项目自身的不足及所面临的困境。比如提到我们红乌市时说：“人口基数小，且呈现人口外流趋势，城市化水平低，属于内需型城市，房地产市场需求增长幅度极为有限。”有些不足的指出甚至达到吹毛求疵的地步。比如指出项目用地南临303省道，道路货车通行较多，有较大噪声影响。且西临武九铁路，噪声不可避免。还有，项目目前与外部只有一条出入口相连，通达性差。然而正是这种“面对问题、正视问题的态度”，使客户感受到唐南生

“想做事、认真做事的决心”。他们都说“这样的老板绝不忽悠”，是“投资界的一股清流”。一位本地诗词爱好者为此赋诗：

唐公宝岛人，
银象公司魂。
公益随国策，
造福千万民。
投身养老业，
创办江南城。
行事总地道，
享誉政商群。

另外像前边说的，唐南生对蜂拥而至的投资采取拒斥的态度，也招引来更多的投资。有人说唐熟读《孙子兵法》，玩弄人心于股掌间。这些事不再赘言。

九

后来，每当我们红乌人行至城南那块死气沉沉的荒地，就会心酸地想起唐南生、续章两个外乡骗子在雅典大酒店举杯给自己敬酒的那个夜晚。唐南生一边将头顶仅有的一绺水草般的头发向后甩，一边晃动酒杯，走过来。人们察觉后，纷纷起立。唐南生和就近的人碰杯，然后高举它，表示一块儿敬了。在唐南生昂首张嘴、咕咚有声地吞饮时，总有我们红乌的某位投资人说:“唐老板带领我们发财啊。”唐南生让桌上人验看空杯，低首指向刚才说话的人，说:“没有你，就没有，我。”又问身后:“那谁？那首歌怎么唱来着？斗月月斗斗拉拉——”续章朝着比自己矮三十公分的搭档弯下身，竖耳谛听，让空着的手跟随唐南生念出的旋律起伏。然后他高声唱:“没有天哪有地，没有地哪有家。”

“没有家哪有你，对。”唐南生跟着唱。他并且微举双手，抬高下颏，做指挥状。于是众红乌人合唱:“没有你哪有我。”

那天，更江南集团举办宴席答谢红乌股东。有的股东拖家带口前来，集团也不介意。雅典大酒店全部房间、餐桌均被订下。酒店怕人力不够，还请同行施以援手。后来听说，更江南集团只结算了一千零二十元，剩余的都挂在引资单位账上。人们说唐南生那天喝得有点疯。他嘴上说“我真的不能喝，再喝就酒精中毒了”，可酒还是尽着自己先倒。大腹的高脚杯，容积巨大，一倒就是大半杯。他脸色发紫，嘴唇发黑。那紫色和洋葱一样紫，黑色和夜晚一样黑。眼睛上，一对吊梢眉有如打霜；眼睛下，两只眼袋比吊在椽梁的沙袋还沉。人们说这是太监总管李莲英、火葬场化过妆整过容的遗体擎着酒杯来到现场。敬到一半，唐南生用夹着烟的手拍打扈从续章后背，驱赶后者来到主席台。两人你一句我一句地说祝词，每说一句就清脆地碰一次杯。一个说我祝福你一帆风顺，一个说我祝福你双喜临门；一个说我祝福你三阳开泰，一个说我祝福你四季发财；一个说我祝福你五谷丰登，一个说我祝福你六六大顺；一个说我祝福你七星高照，一个说我祝福你八面来风；一个说我祝福你九九归一,一个说我祝福你十全十美；一个说我祝福你百事顺心，一个说我祝福你万事如意万年青。台下喝彩时，唐南生斜望天花板，陷入沉思。后来他对台下做如是感慨:“有件事不知该不该讲。我唐某人行走江湖如此多年，其实只信一句话：做梦。梦有多大，舞台就有多大，业绩也就有多大。即便有时取得的业绩并不尽如人意。但有一个道理一定是通的，即！你做的是一个很大的梦的话，至少可以取得一个中等的业绩；做的是一个中等的梦的话，至少可以取得一个下等的业绩。我还没听说，一个只做下等的梦的人，取得中等或中等以上的业绩。也许你们听说过，你们可以向我分享，但我没听说。我没听说一个梦想只是扫街的人，后来成为比尔·盖茨，开上宾士或蓝宝坚尼。大家说我说得有没有道理。在此，我郑重提议大家翰我一起说:‘想发财，做梦吧！’”众人之错愕可以想见。在突然出现的沉默里，人们甚至能看见从唐南生嘴里说出的话，那最后几个字溜走的痕迹。唐南生把酒杯放在讲台上，双臂上挥，继续说:“想发财，做梦吧！”他的忠实战友续章极为尴尬，不时朝下边眨眼，意思是他究竟喝多了。我们红乌股东面面相看。一些人从宽厚的角度想，唐南生只是一时口拙，并非有心，跟着稀稀落落地喊:“做梦吧。”

“对，做梦吧！”唐南生说。随后从他嘴里发出一连串几乎没有止境的古怪笑声。哈哈哈哈哈哈哈，笑声的炮弹多角度、全方位撞向酒店的天顶和墙壁，成为我们红乌人以后内心永远的痛。但在当时，没人敢承认这是一种彻底的无礼行为，是侮辱和嘲笑。

据说，唐南生和续章在解手时发生凶狠的争吵。也许不能说是争吵，而只能说是单方面的咒骂。个高的对个矮的说:“够了，我受够了，你就是一个疯子。”大量唾沫飞向后者的耳廓与头皮。后者面不改色，对着挂在壁上的便斗继续解手。紧裹着他臀部的是一件紫色的亵衣。这也是后来人们相信讲述者所述为真的缘故，因为只要人们愿意去看，就一定能看见那穿白大褂的实习生从唐南生身上挑落下这样一件带蕾丝边的丝绸三角内裤，虽然它沾满泥土，几乎变成一条泥裤子。

“我后悔死了，”续章说，“为什么是你当主角我当配角，而不是反过来？你知道我鞍前马后地为你服务有多累吗？你个这么矮，我每天给你低头弯腰都弯成腰肌劳损了你知道吗？何况我年纪比你大。还有，我们在吃苦受累、以全部精力投入到工作当中时，你在干什么？你在花天酒地，一门心思要把我们拖向火海，害得我们一次次跑去给你擦屁股，反复地擦屁股。你说说除了这个，你还会干什么。你今天倒是说说看。”唐南生一边拉拉链一边瞟向自己的亲密战友，说：“第一，当初是你主动要当副手的；第二，你现在退出还来得及。”

回到酒席时，唐南生对身后的续章发出严厉警告：“你不要想我现在得到多少，而应该想想你过去能得到多少。”这是大家都听见了的。

十

一辆拖拉机把上百亩地懒洋洋地翻耕一遍。也正是翻耕后，人们知道那里的土壤还算肥美。更江南集团请来十几名临时工抛撒花种。一些摄影爱好者（在我离开的十七年，他们如雨后春笋涌现在县城，就像我前边提到的跑友）用专业设备拍摄下播种的场面：晨光照耀下，形同剪影的雇工侧身行走在田野，看起来不像是他们在播撒种子，而是种子像纸片一样从他们手心飞走。更江南方面在附近张贴招聘启事，计划以税前八千元每月的薪资条件招聘五至八名有经验的捕鼠员。人们感觉它要大干一场，今后像这样的招工恐怕是越来越多。超过百人前往应聘，却无一人能见到所谓的面试官。

土地在沉寂一段时间后，长出一种我们本地人不太熟悉的植物。起初它葱绿、娇嫩、驯良，似乎预示着自己有一个辉煌的未来。可仅仅一瞬间，它的皮肤就变得粗糙多刺，疯长的枝条，其先端变为尖刺，就连簇生的叶柄也变为尖刺。它们普遍长到一个初中生那么高。为了存活，为了内心最黑暗的欲望，它们几乎是毫无死角地搂住对方，相互倾轧、杀害，相互切割。它们吃对方的肉，喝对方的血。它们之间所发生的无声而庞大的战争，令赶来观赏的人触目惊心。后来，鲜黄刺目的花朵从这些丑陋并且蒙尘的身体里长出来，之后长出的则是五六厘米长的荚果。

现在看来，与其说是更江南方面播种了它们，还不如说是它们自己播种了自己。更江南起的只是一个引导的作用。它们的繁殖力如此惊人，以致我们城南只要还有一点荒地，就会被它们迅速占领。有的人说自己频繁地看见种子从迸开的荚果飞出，落到几尺开外的土地。它们像野火一样四处蔓延。人们后来打听到它的学名叫荆豆或金雀花，总是跟随神父、殖民者去新的地方，起初只是作为围篱，后来发展成为当地的生态灾害。有人对此否认，认为它只是地锦、刺柏的变种。

说到底它只是一种灌木。更江南集团收了我们红乌人那么多钱，在我们红乌的土地种出一堆无用的灌木。这些灌木走自己的路，让别的植物无路可走。这就是这个集团唯一干的事儿。（我要补充一点：他们在布置好所谓的鲜花广场后，连荷兰风车也不愿配置，而是花三十五元去农家购置一个扇谷的风车摆在那。“广场”边扎了一批吹吹打打的稻草人。）

有人提议一把火烧掉它，但没人负得起这个责任。后来还是靠了一场让我们牙齿咯吱作响的霜冻来解决这一尴尬问题。严寒冻死我们红乌三位老人，也冻死城南那上百亩丛生的杂草。它们一夜间死个精光。要过很多天——甚至到了来年春天——人们才确认它们死了。因为它们不再生长和对外侵略。它们扑在彼此身上一动不动，像一卷又一卷铁蒺藜。到现在它们还没有腐烂干净，化为土地的肥料。

十一

更江南集团在红乌融资，总额有说二十余亿，有说二十亿余。保守说法是十二亿。唐南生抽走百分之七十五，剩余按比例分给董事、经理、组长、业务员等四级员工。但只发放一半。足额领取须继续在集团服役一定年限，协助处理善后事宜。坚持做下去的并不多。他们中有人还反水，加入向唐南生或更江南集团讨债的队伍中。这些业务员被招聘进更江南集团时，曾接受团建，唐南生敲打着黑板对他们说："一个干大事的人，如果事情到了要抢劫自己母亲的地步，他是不会犹豫的；毕竟一张拿到手的钞票要比一打母亲有用得多。"当时他们想，这是在鼓动他们去骗社会上的"鱼"。现在看来，他们也不免是"鱼"。换言之，唐南生组织人去骗人，后来把这些组织的人也骗了。可见他骗人是六亲不认和一视同仁的。这里不再赘述。

唐南生拿着到手的巨款，一部分，用于偿还在其他地方欠下的债务。有的还百分之五，有的还百分之十。那些人对他翘首以盼，总是在将要绝望时，看见他带着一些钱来。后来我们红乌的债主也是这样，有些人在看见他打出那个著名的分钱手势后，禁不住泪流满面。另一部分，用于偿还在澳门等地欠下的赌债及利息。趁着手上有余钱，唐南生再度进入赌场。这样他不光输掉余钱，还喜添新债。包括我们红乌在内，一共五个县市、一个农场，无数投资人奋斗半生积攒的钱，涓滴成河，经过唐南生那晦气的手，慷慨地流入赌场。

我们知道唐南生是滥赌鬼，证据有二。一是我们红乌数十人作为唐南生电话通讯录上的“亲友”，被放贷集团用网络虚拟电话卡和“呼死你”软件恶意谩骂、滋扰过；一是有人作为赌客，在省会附近地下赌场见过唐南生。此人叫叶焱，外号老三，他在我们本地经营玉石床垫。他没有向更江南投资，但是以两分利息向投资更江南的人放款。他对那些更江南的股东说：“我要是看错了，情愿把眼睛子挖出来。”

老三是经熟人担保进赌场的。这名熟人在宏都大市场经商，他驾车将老三送至郊县某所放假停课的中学。那里停靠数辆旅游中巴，其中一辆未熄火。一名戴墨镜、穿黑衬衣的青年简单拍打老三全身，核实并拍摄他的身份证，然后将其领上车。青年要求车上人戴上他们备好的眼罩、耳塞，直至被告知可以摘下。“就当睡一觉好了。”青年说。虽然按照要求将橡皮耳塞深深推入耳洞，并且车内也播放了音乐，老三还是听见外面的一些声响。有一阵子他听见轮胎轧过砟石。有一阵子听见林间吹来的风扑打在车窗上（紧接着他感觉心脏失重，那意味着汽车在下行）。有一阵子什么声音也没有，但他知道车辆在运行。间或从青年手握的对讲机传来嘈响，青年对它说“请讲请讲”。车辆一共停下三次。第一次不知是为何；第二次是为着等同行车辆驶来；第三次则是抵达终点。[1]那里有一幢围墙上方铺设筒状铁蒺藜的洋楼。赌场设在二楼会议室。茶水间被用作码房，两名女子提着筹码箱、POS机、账本进入待命。几名男子将两张会议桌拼接在一起，好把绿色扇形桌布铺上去。

老三在这儿看见唐南生，甚至可以说是不得不看见。当时老三在饮水机前打水，当他旋紧杯盖、站直身体，发现眼前站着一名脸相峻刻的侏儒。后者狠狠白了他一眼，似乎是在怪罪他接这么久的水，让自己久等。老三退向一边，为自己如今得到的待遇深感惊愕。半年前，在更江南集团和我们红乌市政府联合召开的投资座谈会上，唐南生又是握手又是拥抱，将我们红乌的意向投资客户代表一一请上主席台。对老三，唐南生特别留意，他一边摇动老三的手，一边用左手指向他，说："你这名字好哇，火火火，预示着我们共同的事业必然跑火。" 末了还踮起脚尖在老三的脸颊亲了一口。现在，叶老三试图向唐南生

1 普鲁斯特写："一登上来接我们的马车，我们就再也不知道东南西北了；半路没有路灯；车轮最响的时候，就知道是正穿越一个村庄，以为到了，实际上还在茫茫田野上，可以听到远处的钟声，忘了自己身上穿着常礼服，大家昏昏沉沉，已到昏暗边缘的尽头，由于长途旅行，火车一路节外生枝，似乎把我们带到深夜里去，几乎到回巴黎的半道上，突然，车子在一段细沙地上打滑了一下，这才发现我们进入了花园，眼前突然出现了沙龙和餐厅闪耀的灯光，一下子将我们带回到社交生活中来……" 参见《追忆似水年华》中译本第四卷第二部第三章，杨松河译，译林出版社，2012年版，第469—470页。

提醒自己是谁，话已经来到唇边，却又吞回到肚腹中。他感觉解释会带来二次的窘迫。后来几次通过眼神交流，他确信唐南生完全不记得他。“如果我是直接的投资人，我会感到难过，好在我并不是。”老三在回到我们红乌后讲。

在那张五米长的桌布上，划分有十数处下注区。每区前坐有一位下注额较大的大户，后边跟着人数不等的散户。唐南生坐在最中心面对荷官的下注区前，可谓“大户中的大户”。老三因是初来，只敢购买六千元筹码，一直捏在手心不敢入场。唐南生总是二十万元二十万元地买。他也不是买，而是向半空伸出一只手，就像我们平时在餐馆点菜那样，于是就有小哥跑来。在听取唐的简单命令后，他从码房领来一万元一只、一共二十只的金色筹码，并将一只翻好的账本呈给唐。唐抓起系在账本上的笔，在翻好的那页签名。

唐南生赌钱时一直念口诀：“开庄买庄，开闲买闲，见跳跟跳，损三暂停。”大致策略是庄赢下一手买庄，闲赢下一手买闲，如果跟买连输两手，改买前一手的相反。可能就是因为迷信种种下注秘笈，他输掉很多。有人总结他是：虚拟下注赢实际下注不赢，指点别人赢自己下注不赢，小打小闹赢加重下注不赢，撤回筹码赢不撤筹码不赢，改押庄家闲赢，改押闲家庄赢，押什么什么不赢，不押什么什么准赢。用唐自己的话说是

“邪门了”，或者“有一位菩萨在专门跟自己捣鬼”。这样埋怨的声音大了些，就有彪形大汉过来微笑着提醒：“注可以随便下，话不能随便讲。”叶老三后来学别人，瞅着唐押的相反押，获利一万元。

老三说，很难想象，在唐老板这样的成熟赌客身上，仍然隐藏着大量赌场菜鸟才有的毛病。概而言之，就是盲目、冲动、想当然，花哨、咋呼、飘飘然，固执、迷信、一根筋，焦躁、易怒、愤愤然，赢了不肯收手，输了不愿离场。老三记得唐南生只赢过一次大注。唐喜出望外，不停用舌尖刮扫、舔舐下唇，又起身到场边跳一种轻佻的舞蹈。多数时候呢，就垂着一对吊梢眉，拉扯顶上那根海带似的头发，有时用指头将它一圈圈缠绕。有时挖鼻屎。有时猛捶桌面。散场时，那原本殷勤的小哥端着托盘过来。托盘上有一只插着吸管的密封水杯、唐南生签过名的账本以及一张需要唐南生签名确认的文书。唐南生取过账本，翻阅一过，脸色大变。二十万元一笔的筹码，今天他已经借过二十笔。而他手里剩下的筹码只有六七枚，算起来也就二万元到顶。还不如他给小哥的小费多。他痛苦地看向小哥，想自己至少能获得对方的同情。谁知后者早已最大限度地收敛起笑容，将头半仰着，歪向一边。有一点公事公办的意思。唐南生变得十分难过，整个人沉浸在一种被背叛、被下了钩子、现在在人的屋檐下只能认宰然而内心又实在不甘的情绪里。最后他厌恶地拿起笔，在那张可能是抵押文书的文书上签字。

老三不知道我们红乌市的红人唐总是怎么离开赌场的。扫了几眼返程的客车，也没看到他。老三没说唐南生花的就是我们红乌股东的钱，只说从古至今没见一个人如此败家。我们红乌股东善于自我安慰，他们认为：一个这种级别的老板打打牌、打打高尔夫球，用掉几百万元是正常的事。不这么倒是不正常了。难道还要让他骑载重自行车、恰（吃）方便面不成？

十二

前文已述，我之所以知道唐南生的事，甚至是不得不知道，是因为我的亲戚（无远弗届）普遍参与了这一场教训惨痛的融资游戏。在我回到永修路30号的家后，他们来看我。有的开轿车，有的骑电瓶车。在他们脸上，再也见不到亲人之间才有的甜蜜而信任的笑容。即或有，也倏忽即逝，如闪电光。他们眼睛通红，盯视某处，沉浸在煎熬的情绪中。有时因思维触及那严峻的事实而满头发汗、浑身颤抖。他们不承认那个事实，一直否认那个事实，但那个事实一直无情地向他们宣示自己的存在。那个事实和死了孩子一样重大，就是放在唐老板处的全部家当，打水漂了。

这里面包括我嫡亲的哥哥安华。在我回家期间，哥哥只来过两趟。我感觉在他心目中只来过一趟。因为第二趟来时，他还在问我："几时回来的？"他共向更江南集团购买二十笔股金（合计三百万元）。更江南许诺，投资三百万元及以上者未来可以进集团上班。为此他定制一套西服。他就是穿这件已经发皱的西服来家里看我的。我知道他的资产连一百万元都没有。凑足三百万元，定是打了岳母和同学的主意，兴许还借了高利贷。这些来到永修路30号的亲人，如果是独自前来，我总感觉他会因抑郁而自杀。如果是邀集前来，我就不会有这种不安。他们头碰头聚在一起商议时，艰难的处境似乎得到缓解。他们总是把握十足地举证，说明唐老板不是骗子：

"这么大的老板怎么会骗人呢？"

"要是骗子怎么还敢在我们这儿活动？"

"他在江苏、河南有产业，这些大家都是亲眼见过的。实在不行，把这些产业出售他也可以还我们债。只是他不愿走到这一步。"

"资金回笼慢了一些而已。资金目前都转化成实业、生产线。"

"要是骗子国家还不把他法办了？国家允许一个人骗这么多钱？"

有人说，我就担心唐老板是台湾人。有人反驳，正因为是台湾人我们才不担心啊。似乎是触及什么笑点，他们相视片刻，哈哈大笑。有时他们问我，你应当和一些市领导熟悉，听到什么消息没有？我曾和一位已调至外县任职的刘姓处级干部品茗，我就更江南的事请教于他。他沉吟良久，说："你说是骗子可以，说不是也行。最终还是要看实绩。事情如果成了，我们就要承认它是一种创新。要看你怎么看。"我没有将他的话转述给亲人们。母亲总是对他们说："等会儿在这里吃咯。"他们说："不吃不吃，吃做么事？"然后一边看手机一边开车走了。

按照《项目前期可研报告》、《投资入股协议书》及多份报道写明的，江南湿地公园及江南实验养老小镇应于二〇一五年五月一日建成营业。距离此日尚有一年时，有懂基建的股东提出异议，认为一年时间绝对不够更江南集团建造好规模如此庞大的公园及公寓群。他建议股东方面派出代表，查访项目建设情况。不过响应者寡。多数股东认为，干大事者，思想自异于常人，我们小地方的人，最好不要用自己的经验去揣度别人。子曰在其位谋其政，不在其位呢就不谋其政，我们做好自己就行了。反正我们的权益受到白纸黑字的文书还有法律保障，届时坐享其成就好了。有人讥讽异议者，说："你说'不够'也就罢了，为什么还要在‘不够’前边加上‘绝对’两个字呢？”随后的国庆、春节很快过去。到了二〇一五年五月一日，也就是更江南集团应许项目落成开张的日子，股东们除开在城南上百亩的荒旷之地看见大片新种的灌木，什么也没看见。一种过去从未在这个群体的脑海中出现的想法，开始生长。恰好那段时间唐南生不在，人们心中焦灼可想而知。他们纷纷去集团售楼处打探消息。大高个续章在伏案工作，见他们前来，摘下套袖，几乎是露出全部牙齿，和他们亲切地打招呼。然后他命秘书泡茶，自己呢，一边架起长长的二郎腿，一边用右手指尖轮番叩击椅子的扶手。“诸君，”他眉开眼笑地说，“稳坐钓鱼台呀。”事后有人说唐南生离开时给续章遗下一副锦囊，嘱他困窘无计时打开。续章拆开锦囊，一看是这五个字，以为是说给上门股东听的，照着念了。他还自我发挥，添上一句“一切自有安排”。谁想收到奇效。大家信了续章神秘而亲切的微笑，似懂非懂地回家。实情是唐叫续章稳坐钓鱼台，不要着急，一切等他回来应付。

六月，唐南生驾驶一辆车牌尾号4234的银灰色奔驰返回红乌。车身长达六米，看起来像房车。不过懂车的说是灵车。我猜测租车行的人可能感觉唐为人随便，就将这车推荐给他。唐南生下车后，大步走向迎接他的股东，逐一拥抱、亲嘴。“亲爱的战友们，想死我啦。”他说。人们记得，在他那张因为接受暴晒而暂时变得黝黑的脸上，涂了一层光亮的油脂。他的热情奔放让我们这些小地方人完全无法抵挡。讲演时，他一只手握拳（拳心向己），一只手跟着自己游移的目光，指向这指向那。他不停向人抛出媚眼。他像报告特大喜讯一样，上气不接下气，而事后经过我们红乌股东判断，这席话应该经过准备和排练。他说：“在这里，我要向大家隆重分享一个甜蜜的遗憾。这次出门，我可以说是不虚此行、不辱使命，甚至可以说是不负众望。为什么这么说，各位亲爱的股东你们马上就会明白。因为有更大的资金啊，在等待注入。因而，我们的工程不得不延误和暂停，等它被纳入一个更大的框架重新考量。说到这个新的、大的项目，我的心情到现在还激动不已。出于保密的要求，我还不能向大家透露更多。但我可以负责任地告诉大家，项目是由几个省的一把手牵线，联合各地最优秀的企业家共同打造出来的。目的是在我们国家中部建设一个符合互联网 + 、人工智能、区块链技术要求，分工明确的新形态城市群。鄙人以及鄙人在红乌推进的项目在我们省领导关心下，有幸进入到这个宏伟的项目中。在此我不能透露更多了。我只想对我最亲爱的红乌股东和红乌父老乡亲说，千载难逢的机会来了。事情如果进行得顺利，十年之内，我们这里将出现一座人口相当于阿拉伯联合酋长国、达到九百万的大型城市，我们每人手中的股权，价值将是今天的百倍、千倍，乃至万倍。而这种好事，还只是刚刚开始。亲爱的朋友们，等着吧。”

我们红乌人管撒谎叫“捏泡”。唐南生靠捏这个泡挺到二〇一六年五月一日。这一天他捏了一个新的泡，说在他的穿针引线下，红乌成为全国产业转移的目的地。“是之一啊，目的地之一，不是唯一。”他故作认真地强调。这个泡只管了半年多一点。二〇一七年元旦，他在致股东的一封慰问信里，称我们红乌已被内定为粤港澳大湾区的“一块飞地”。好比阿拉斯加之于美国。未几，他又许诺工程将于二〇一九年十月一日完工，说是在建国七十周年之际代表红乌向全国人民献上一份大礼。

十三

二〇一七年元宵节过后，在孩子们上学时，人们发现，返回到更江南集团售楼处工作的员工非常少。包括过去以来一直吃住在售楼处、显示集团深耕本地决心的总经理续章，也不见了。续章一直待到年前除夕，最后仿佛是不得不离开，才驾驶那辆人们熟知的红色起亚轿车来到红乌站。途中，他专门停车，下来和认识的人握别，说“节后见”。他那辆红色轿车停在站外广场非常扎眼，显示不久他就要搭乘火车归来。然而，人们再也没见他回来。他那笑起来显露无遗的两排大牙齿以及时时对人示好的态度，让人们记忆犹新，又像梦一样永逝不返。唐南生说，续章被派去领导集团在河南的事业，会有新的董事会成员进驻红乌。然而人们一直没见到这样一位顶替者。有人说，续章出于对可能背负的巨大刑事责任的恐惧，跑路了。后来，有气愤不过的人撬开续章的座驾，发现里边值钱的东西早被拆走。包括方向盘上镶的一块玉。

不少人像我一样，对唐南生不跑心存疑惑。因为他才是最需要跑路的，同时也具备跑路条件（并没有人或机构限制他的人身自由）。另外，我们红乌经过他一顿凶猛的融资之后，已缺乏继续融资的空间和价值。我们红乌作为区区一县级市，也缺乏玩头。我有一名同学在某县经侦大队工作，我就这个疑问请教于他。他说："你不懂吧，现在的骗子不比以往，他们一不用化名二不跑。"不过他没有说深层次的原因。我猜唐南生之所以滞留于红乌，一是不想用跑来坐实自己是骗子，因而承担一系列的法律责任；二是想留下来把从政府那低价拿到的土地转让，或者用它抵押贷款；三是就像他对手下业务员交代的那样，他并不把面对追债讨债、和债主谈判视为畏途，相反还把它当成一种必要的锻炼，迎难而上。"享受那种冲浪才有的快感，完完全全地enjoy它。”他说；四是他对人有玩弄之心，性喜撩拨群众。有一些不肯面对上当事实的股东则认为，唐南生不跑，是因为他本来就不想骗人。事情之所以出现一时的挫折，是因为他在想法上浪漫了一些、做法上激进了一些。只要坐下来冷静冷静，将事情梳理一遍，做到分清主次、抓大放小，翻身可说指日可待。“我们不要被别有用心的人利用了。”这些对唐南生死心塌地的人说。

二〇一七年开春，在经过一场暴风雨般的争论之后，部分股东离开讨论的茶楼，大步走向更江南集团售楼处，找唐南生要求撤资。剩余股东，半是观望，半是害怕没能跟着领到钱，从茶楼或家中赶过来。当初有多少人在这里围抢《投资入股协议书》，现在就有多少人在这里围堵唐南生。现在比当初还激动。当初只是将一张四脚的电脑桌压平在地，现在差不多要将整座房子推倒。他们朝前挤的同时，摇晃着手中卷成筒的文件。质疑的唾沫从各个角度飞向处于事件中心的侏儒。事后人们回忆，若是一般人遇见类似情况，怕是早就魂飞魄散了，唐南生却丝毫不见慌张。他仰起头，向这些似乎准备大干一场的人扫视过去。他没有出哪怕是一滴汗，脸色和动作均较为沉着。呼吸比平时还要平稳。他看向众人时，眼光带有些微的不解。“你们这样一起说，说实在话，即使是你们自己也听不清。有谁能告诉我，你听清自己说了些什么吗？其实，你们想说什么我完全懂，你们的心情我也完全理解。现在，我恳请你们花费宝贵的几分钟，听我老唐讲几句。”他这样说过，用袖子擦拭满头的痰沫。看了看，然后将那段袖子扎起来。他清清嗓子，以真诚的语调说：“集团的政策一如既往，是以造福股东、造福社会、造福人民为目的。集团一贯将股东的利益置于首位。集团所面临的困难只是暂时的。打一个不恰当的比方，好比是一块东西堵住马桶，通一下就好了。我们现在面临的困难也是如此。集团的未来是光明的。退一千步一万步讲，集团在我们红乌的项目亏得分文不剩，那也不会影响大局。在河南，在江苏，在山东，在内蒙古，我们有两万亩的中草药基地，有年产一万辆的新能源汽车生产线，有全国首家专门为聋哑人就业兴建的爱心工厂，有一千亩为我们集团养老客户种植果蔬的特供基地，有专门的牧场，有这样有那样，有很多。这些都是你们亲眼见过的，你们的眼睛不会欺骗自己。你们一定要相信集团。就我所知道的，集团现在的财务健康得很，一点问题也没有。我一直认为，没有任何事情能击垮我们更江南集团，击垮我们的‘二幺〇四工程’。只有一样，那就是你们所丧失掉的信心。”

有人即刻跳起反驳：“别光嘴上说得漂亮。从钱交到你手上，已经过去整四年。请问四年来，你让我们见过表示项目在建的一袋水泥、一根钢筋或者一块砖头没有？”有人帮腔：“有的就是你们花三百元钱买来种在我们城南一百亩地上的劣质种子。长出来的草怎么清理也清理不干净。”

“对呀，”原先声讨的人继续声讨，“唐老板，你能告诉我们，你把钱用到哪去了吗？我们这些人的钱都是一分钱一分钱地攒，攒了大半辈子才攒出来的。都是辛苦钱，血汗钱。是孩子的读书钱、结婚钱，老人的治病钱、救命钱。我们把这些钱都交给你。我们还四处找人借钱。我们借钱都是算了高息的。这四年来我们都在辛辛苦苦地还利息，头都抬不起来。唐老板啊，我们把借来的钱也都交给你。你现在就不能告诉我们一声，你把它们用到哪去了吗？”

这时又有人帮腔：“何况作为股东，我们也有权知道集团的用钱动向。”

据说唐南生听完，眉心紧皱，眼睛缓慢闭上。他半仰起头，深吸一口气。因为吸气，整个胸部鼓胀起来。在此过程中，他似乎做了一个痛苦的决定。之所以说是痛苦的决定，是因为它不符合本意，是大家逼他这样做的。如能按他本意，毫无疑问，大家都能在可见的未来成为亿万富翁。“你们呀，就是沉不住气。”他说。

“有谁能沉得住气呢。”有人说。

“时间会证明你们就是一帮糊涂蛋。”唐南生痛心疾首地说。过了一会儿，他像是从悲哀的情绪中走出来，努力展现出微笑，说：“在你们当中，有一部分人的意思我懂，就是撤资。对不对？对有这种意愿的朋友，只要他不后悔，我来安排，尽量快地还上。”他让仅存的几名业务员为自愿撤资的股东登记。人们排队时，他走来走去，既像是和某个人说话，也像是和所有人说话。他说：“我不知道你听过阿里巴巴的故事没有。阿里巴巴曾经也是这样，撤资的比投资的多。马云很感激他们。若非他们撤资，马云几个人怎么能积累那么巨大的财富呢？我听说有人后来自杀了。换作是我，也会自杀。为什么啊？因为十几代人努力奋斗也攒不到的这么多的财富与自己擦肩而过。巴菲特说得对，财富永远只属于少数人。很对，永远。”

有人回应唐南生：“唐老板，是我们没那个命。”

唐南生指向他，表示赞许，说：“当然。”

要到整整一周之后，要对唐南生数度围追堵截，他才指示会计对这些撤资股东转账。偿还额是当初投资本金的百分之三。“一次性退返全部本金是不可能的。不是我唐某人不愿意，而是我办不到。这些钱已经投出去，一下抽回来很难。但是你们要对我老唐有信心。我只要心中有这根弦，就一定会想办法。而只要我手中有了钱，就一定优先还给你们。直到全部还完。”他说。这其中有将近五十名股东，短信一直没收到到账通知。去银行查，户头也未进钱。他们自然要结伙去找唐南生。唐南生指着身旁西装革履的律师对他们说："你们来得正好，我正打算起诉你们。我说我的项目怎么进展得如此缓慢，原来是你们在用白条投资。我请你们翻开手中的合同，看仔细了，是不是你们违约在先？按照当初双方约定的，我现在可以一分钱都不还给你们。你们自己说是不是？"于是来者翻看《协议书》。奇怪，当初觉得都是对自己有利的条款，如今都对唐南生有利。唐南生要是较真，还真是一个子儿也不用赔自己的。这些人眼见着没有辩论余地，只好提高声音说："你也忒不讲道理了。"

唐南生说："到底谁不讲道理了？你们摸心自问，这世界上有没有找人借钱还要他还钱的道理？你们不要以为我是一位讲良心的老板就好欺负。我哪里有那么好欺负的。"有人急了眼，拉开架势要揍唐南生。唐南生挺起身躯，凑过来。他并且指着屋角说："你们自己数数有多少摄像头吧。你们想要坐牢的话，就动手。我管保你人财两空。"还有一人，每逢有事就带祖母出来。现在，这位身着蓝布褂的祖母娇呼一声"没法活了"，坐向地面，又躺下去，像翻倒的乌龟，朝天空伸出四肢，一通乱蹬。嘴角则吐出层层绿色的唾沫。这根本打动不了唐南生。唐在保安掩护下打算走掉，忽然留意到一脸苦楚的寡妇新姐。他长叹一声，将她请入办公室详谈。好几个人提醒新姐："一定共进退啊。"

新姐四十六岁，丈夫早死，留下一名遗腹子。新姐的孩子长大，下颏都出柔毛了，毫无征兆地失踪。此事几年后，因为要领补助，新姐被迫将孩子的户口注销。新姐手头只有三十万元。这次都投给更江南集团。又打条子找更江南借贷六十万元。合计投资九十万元。唐南生将她请进去，让她坐在办公桌对面。唐擦擦眼镜，看了新姐的《协议书》。然后他捏住新姐的手说："你看看，在补充协议这块，规定了你还款的截止日期以及违约责任。这个日子我看看，已经过去三年。这就意味着，从法律层面讲，你肯定是拿不回投资给我们的三十万元，可能还得向我们归还借贷的六十万元。即使法院最终支持你，判你不必还这六十万元，但这几年所产生的利息，他们可能认为你还是得还。"

新姐因惶恐而摇头晃脑，泪水都甩出来了。她不停嘟囔着。虽然用的是方言，唐南生还是明白了。她在责怪一起投资的人，恨他们将自己带到如此境地。"我家里上有老下有小的。我可怎么办啊。我上面有四个老人要养，下面有三个孩子要带，都得靠我。我又颈椎痛。"新姐说。眼泪很快打湿她足前的地面。唐南生起来，去将没有锁严的门推上。返回后，他抓住新姐还搁在桌面不敢撤下的手，说："这份合同已经不能支持你，你可以考虑把它扔进废纸篓了。不过呢，考虑到你的具体情况，我还是为你开个口子吧。希望你不要跟人讲起。先不要说谢谢。现在只有一个办法能让你一分钱也不少地得到你投进来的三十万元。就是你先把欠我们的款项（六十万元）打给我们，然后我们再启动对你的全额赔偿（九十万元）。"

新姐说："唐老板你大人大量，就不能不计较我，直接把三十万元退给我吗？"

唐南生说："不是我不能，是公司财务不能，集团董事会不能，更江南的全国股东也不能。我只能为你想到这样一个办法。你呢要么忍着三十万元不要，要么先还我们六十万元，然后得到九十万元的赔偿。"

唐南生和这个爱哭的女人说了差不多二十分钟。这二十分钟里，他像农民掌握一头牲畜一样，完完全全掌握了这个女人。他开始在话语里施加压力，使用诸如"你必须这样""这是你的最佳选择""不这样你一定会有牢狱之灾"之类的词句，可说将语言在操纵和命令方面的特质发挥得淋漓尽致，使可怜的女人脸色一阵儿发白，一阵儿发乌，几次因受惊要晕厥过去。自这以后的十天，她有若中蛊，一门心思地去筹集现金。她四处讨要欠款，又向别人举债。她把值钱的首饰和家具典当或出售。她还联系血头预约卖血。有股东发现她的异常，召集人来劝阻。她对他们一脸轻蔑，说我要不是听你们忽悠到更江南投资，怎么会沦落到如今这个田地，摊上违法犯罪的事。她到银行转账。工作人员见涉及金额巨大，将半张纸那么大的《防诈骗提示》一个字一个字地读给她听。她说我自然知道，我怎么不知道，我每天在家看电视，防范意识强得很，绝不可能被骗。工作人员请示领导再三，只给她转出二十万元。愤慨中，她将剩余存款取出，又凑上家里保险柜藏的现金，骑电瓶车送唐南生那了。更江南售楼处的验钞机因长久不用，早就蒙尘。为使它重新运转，秘书还为它上油。验钞机“啪啪”作响，把新姐的四十万元现金都点清楚了。唐南生收好钱，当着新姐面撕毁旧约，和她新立一纸协议，并庄重地盖上公章。至此，新姐感觉架在脖子上的重轭被解除，原本瘀滞的生活之河也变得通畅起来。她心安理得地回到讨债大军中，并且在下一次的催讨中获得一万八千元的补偿。

有人说：“新姐你这是什么思路呢？”

新姐说：“我就是感觉理顺了。”

新姐亡夫的兄长听说后未发表意见，倒是新姐自己的弟弟坐不住。他从乡下特地赶来，当着很多人的面痛斥姐姐：“天上的鸟儿吃多了鸟食，也晓得不吃。地上的老鼠吃多了老鼠药，也晓得躲开。河里的鱼儿吃多了饵料，也晓得忍住不张嘴。你倒好，人家什么东西不给你下，你自己凑过去上当。人家这是夏天碰到雪水、瞌睡碰到枕头、擦屁股碰到纸巾。你专门让亲者痛仇者快啊。我怎么有你这样笨的一个姐呢？我真是为你感到脸红。”他这样说的时候，撕扯自己的头发，抽打自己的脸颊。新姐脸色暗沉，趁天黑去卧轨。要不是赶巧有铁路工人检查铁轨，发现直挺挺躺着的她，她就被火车轧死了。铁路工人说，新姐被拉起来时，还愤慨地说：“就我一个人错了啊？我真不晓得我错在哪里？”

十四

今后的事情变得相对简单。唐南生不再费心向我们红乌股东编造什么新项目、新规划，而是“有钱还钱，无钱筹钱”，把分期还钱当作他当前及今后“最重要也是唯一重要的事”。我们红乌股东多数对此持接受态度。可以说让唐南生慢慢还钱，比将他送官法办要划算。再说等他跑路，报官也不迟。现代社会，科技发展日新月异，一个人说跑，能跑哪儿去。有些人问在司法部门上班的人，究竟是报官好还是不报官好，后者亦称暂时只宜观望。每次唐南生乘车离开，总有一些我们红乌的股东踏歌送行。暌违的日子里一天数条微信，有的还和他玩视频通话，以表思念之情。唐离别愈久，人们对他的思念便愈浓厚。有时思念以致翻肠搅肚，人们忍不住去车站眺望。还有人怕唐南生从此一去不返或者死亡，设法要来唐的生辰八字，请算命先生推算，看他寿数几何。每当唐归来，迎接、探视之人摩肩接踵。有人甚至泪如泉涌，觉得唐南生究竟还是像他自己说的那样，保留着人类的最后一丝诚信。

有的人以被债主催逼甚急为由，向唐南生要求优先偿还投资款。唐谛视他良久，伸出一根指头指向自己。来人不懂，凑近去请教。唐南生对他耳朵说："我怎么对你，你就怎么对别人。"此人心虽不甘，不过依样学样，厚起脸皮来，也扭转自己在债务关系中的不利地位。某天，唐南生驾驶奔驰开道，将几大车外乡老人带到红乌。这些人一个个身量矮小、皮肤黝黑，不过语言及饮食习惯均与我们近似。唐南生没有带他们游览城南花海，而是将他们拉到市政府广场、一家老兵工厂及长江边尘烟滚滚的水泥厂参观，并让戴着口罩的他们高举"运动养老选银象"的横幅在水泥生产线前合影。这家在亚洲都数得上的水泥厂是马来西亚商人投资兴建的，现在被唐南生当作名下产业介绍给外乡的客户。"看哪！塔吊空中林立，工地浓烟滚滚，车辆频繁进出，工人汗流浃背。这随处可见的火热场景，正是集团超速发展的一个缩影。"他说。据说拍照后，还有两名少女跑到队伍前，边跳边喊：“一二三四、二二三四、三二三四。”这些异乡人跟着举起拘谨的双臂，喊：“四二三四。”少女们接着又唱：“左三圈右三圈脖子扭扭屁股扭扭早睡早起咱们来做运动抖抖手啊抖抖脚啊勤做深呼吸学爷爷唱唱跳跳我也不会老。”当天，一些被严选的红乌股东作为投资代表，被邀至戴安娜宾馆会议厅，和这些外乡人座谈。这些老人有的一边脚上有袜子一边脚上没有，有的为御寒穿着环卫工的红马甲，有的手心放着不舍得抽完摁熄的香烟，有的镜腿坏了用细绳权且替代。他们好像青蛙，单纯地望着我们红乌股东。也就是从这些可怜的外乡老人身上，我们红乌股东看见当初的自己。当初，我们一些红乌人作为有意向投资的客户，坐在差不多大的会议室，忐忑地望着对面中原某省的股东。在那些中原股东的脸上，有一种故作的真诚。他们极力颂扬更江南集团以及集团的领头人唐南生。回想起来，这些中原股东就像是极富耐心的溺死者，在一步步等待别人下水，好替代自己成为新的水鬼。现在，我们红乌股东也这样，一口一个“我们亲爱的唐总”“我们致富甚至是暴富的带路人”，将谎话吹送给那些不知从何而来的老人，直到他们全都咧开嘴，为几乎是触手可及的美好前景笑起来。自宾馆出来后，有几位我们红乌的股东，因为感觉事情太过造孽，狠批自己的脸颊。后来，我们红乌股东一次性得到相当于投资本金百分之八的补偿。

有一天，唐南生将售楼处挂上U形锁，到红叶宾馆包下一间小房常住。一月房费只需三百元。房间里有一张单人床、一只床头柜、一台老彩电及一台空调。唐南生将西服挂在宾馆的杂物房，要穿就取走。唐南生之所以住在这，是方便自己去壹号公馆唱歌。他喜欢那些抹黑眼膏、穿短皮裙的女人。他一边抓着酒瓶，一边摸她们的肚皮，嘲笑我们红乌股东最擅长于痴心妄想。他说："你给我三百万元，我立刻返还你五百万元。请问哪里有这么好的事？有这么好的事我还用介绍给你？"她们说："你就不怕他们说你是骗子吗？"唐南生说："我跟他们说了我是骗子，他们不信，说唐老板您哪能说这样的话呢。"她们说："你就不怕警察把你抓走吗？"他说："我是怕他们不来抓，我又不是没坐过牢。我这人没什么特长，就是有一身毛病。我真的需要监狱给我系统治治。再说了——"她们说："再说什么？"他说："再说坐牢就不用天天和这帮刁民打交道了。"她们说："你就不怕他们生气把你杀了吗？"他说："不怕。你看我进你们这，探头已经拍下来。我去哪，探头都拍下来。他们想杀我，除非是自己不想活。小女生啊，我跟你讲。我平生最爱法律，也爱探头。不是它们，我哪能安安心心地在这儿翰你们喝酒？"他又说他现在最大愿望是死，死了省却一切烦恼。她们问:“那第二大愿望呢?” 他说:“是吃自己的一样东西。我想老天爷把我生得这么矮,就是想让我吃到它。可惜事与愿违,我努力几百次,眼看它近在眼前,就是吃不上。” 她们用粉拳轮番敲他胳臂,着急地喊:“你真坏。”

十五

母亲喜欢到邻居门前坐坐,邻居也喜欢到我家门前坐坐。在阳光所照耀出的一块明亮地面上,她们或者手里在择菜,或者逗弄学步的小孩。每天,她们的眼睛成百上千次地扫向马路。就在自来水管修好的几天后,她们感觉到一种异常。这种异常带给她们不自在和烦躁。有一件熟悉的事物不见了,然而她们又想不起来是什么。直到一些更江南集团的股东(包括我的哥哥)找过来,问她们有没有看见唐南生,她们才一拍大腿,醒悟过来。她们每天看着这名台湾老板像钟点一样准时,从红叶宾馆出来,沿马路西行,去街上肯德基买吃的。这名老板将手插进裤兜,每走上十来步,就用力将头上那一绺头发向右后方甩去。从黏黏糊糊的走姿看,他有着刻骨的自恋,总觉得背后每个人都在看自己。现在她们将他看丢了。股东们焦灼地问她们有几天没看见,她们说一两天,或者两三天。有的说五六天,遭到反驳。他们撇下她们，跑向红叶宾馆。宾馆的曹姨为他们打开唐所住的房间，发现他的皮箱，还有一台手机留在那里。唐搁在杂物间的西服也没取走。大家都知道，唐南生惯用两台手机。正是因为这两台手机都无法接通，股东们才出来寻他。他们在房间内还在充电的手机上看见四十多个未接来电，都是他们打来的。有人在现场持续拨打唐带走的那台手机，结果和以前一样，显示关机。

之前他失联从未超过一天。

一种不祥的预感在人们心中出现。或者说，一种长期以来就有的担忧被眼前的景象坐实了：弄走本地人几乎全部积蓄的客商跑路。他留给我们红乌股东的是庞大而充满嘲讽的空气。还在红叶宾馆，就有人撕扯头发痛哭。有人搀着他一边手臂，劝慰他。无非是“钱乃身外之物”“留得青山在不愁没柴烧”这样的话。越劝，对方哭得越厉害，最后弄得自己也泪如泉涌，因为自己亏损的数额并不比对方少。哭过一晌，他们两眼通红，失神地看往某处，情形和家里死了人是一样的。有的人怒视地面，说：“说了不投说了不投，非逼着我投。我说投了收不回来的，非不听，非逼我投。”又说：“世上哪里有这样的好事呢，说了不听。你害自己也就罢了，还害我。害人害己。”有的人走到永修路上，卧倒，用右拳捶打地面。捶累了就翻滚自己，要让过往的车辆碾死。有的人用额头撞树，把叶子撞得纷纷坠落。有的人因悲伤出现反常，铆足力气哈哈大笑。有的人当着别人面投湖，以抢救及时告终。有的人害怕债主催逼，当天逃往南方打工。姑嫂勃豀、手足失和之事不可胜计。一对亲兄弟（哥哥随父姓李，弟弟随母姓唐）相约在市民广场决斗。两人一个砍开对方额头，一个抹伤对方脖子，又分乘三轮车到市中医院自救。起因是哥哥认为弟弟不应拉自己去投资，弟弟认为是哥哥赖着自己一起去投资的，在哥哥哀求之下，他还为哥哥凑了八万元。

有退休者奉劝大家不必失态。因为从过往经验看，唐南生无论离开多久，都会返回。而且总是带来一笔不能说多却能够维持其信誉不倒的资金。现在和过去的区别无非在于，过去通过手机和社交软件能掌握唐的行踪，现在不能。其实掌握了又能怎样，人家要跑照跑。因此这个区别可以说不算区别。唐老板资金周转困难已不是一次两次。可能这一次的困难比以前更大，解决起来也更费劲。可能就是因为一时筹不到钱他难以启齿，选择关机。老者接着说："我还是那句话，人家要跑早跑了。一分钱不还就跑，比还了一部分再跑，明显划算。他要跑，开始就跑了，又何必来还咱们的钱呢。咱们应该给对方也是给自己一点信心。世上的人没我们想象的那么坏。"有人回应，说我们要听其言观其行，不妨再等三日。三日后若仍无动静，就得出手。众人称善。有人开始到红乌站、红乌西站以及汽车站坐着等。几乎是下来一批乘客，就逐个地瞅去。有时怕唐老板是易装出现，还抓住某人的双肩细加辨认。写到这里时，我庄严而忧伤，想起那些不知儿子已被大海吞没仍竖耳听风、苦苦等待的母亲。

三天之后，唐南生仍无动静。手机还在关机。在红叶宾馆、壹号公馆、肯德基等唐经常去的地方也未见他露面。有人甚至去政府找蔡副书记和庄副市长打听，因为唐南生常夸口“我和你们蔡书记、庄市长很熟”，并且人们也确实在多个场合见过他们关系亲热得异于常人，不是勾肩搭背，就是称兄道弟。两位领导对来探问唐南生下落的本地股东态度客气，他们凝眉思索片刻，说：“我还说找你们问问呢。”有人想到更江南集团在中原、内蒙古等地有实业，一些地方自己去考察过，与当地投资代表有接触和交流，因此翻出当初交换得来的名片，打电话过去。那些异地的投资者说：“这人已经很久没有信息了，我还想问你们呢。”

也是到此时，我们红乌股东才知道自己并不掌握唐的籍贯所在地和家庭住址，根本没办法去联系他的家人，也没办法去当地找他。大家唯一清楚的是他说一口的台湾话。

群情激奋之余，一批人主张报案。另一批人坚决反对。因为报案意味着债务无法清偿，债权人一次性只能得到较少赔偿，甚至是零赔偿，并且会失去继续追讨的机会。不到唐南生一个子儿也不肯赔，绝不应当走到这一步。于是有人说："我们不报他骗钱，报他失踪总可以吧。"另有人质疑："我们不是他亲属，有没有资格报他失踪呢？"他这么说，大家才意识到自己从未考虑这一问题。股东队伍中有一人的兄长兼职做律师，叫郭朝凤。于是大家咨询他。郭朝凤查找文献，说报案失踪须具备以下条件：

一、完全民事行为能力人失踪超过二十四小时；

二、报案人须系失踪人直系亲属，报案时须持本人身份证件及和失踪人的关系证明文件，并提供失踪人户口簿及近期照片二张。

走投无路之时，众人想到公安局退休的副政委刘少余。刘的女婿在武汉经商颇有积蓄，刘女想给刘一笔钱出门旅游。刘以签证难办为由拒收，因此刘女做主，以刘少余名义向更江南集团购买一笔股金，算是投资。众人想，刘家虽然只购买一笔股金，投入十五万元，但那也是钱，只要是钱就会让人心痛。因此相约去找。刘少余在朱雀路有一套三层的商品房。因为夫妻不和，妻子住二楼，他住三楼，一楼出租他人做奶茶生意。

刘少余在三楼种花植草、养猫饲狗，还喂了一大缸的红色金鱼，共计四百余条。刘少余头发浓密，像是理发时清洁碎发的琥珀色的刷子。在他的大鼻子和左眉眉弓上，各生长一颗黑痣。见到来说明情况的股东，他匆忙点起雪茄，含在嘴里，说："啊！又有什么事？你们这些人，尽不学好。"烦躁之情溢于言表。因为他耳背，兼之脾气固执，人们花了十分钟才将事情跟他说清楚。他好像是第一次听说此事，说："唐老板是骗子？跑了？我也投资了？我怎么不知道呢。"他取出手机拨打女儿电话，称呼对方"小朋友"。他从"小朋友"那问到确有这一笔投资后，姿态大变。他对股东们说："真是岂有此理，一个大活人没了还不让查了？要是失踪的是孤儿，人们就不能够去报案吗？"众人说就是就是。他一挥手，带大家下到二楼，支走老伴，同时说："这是牵扯多少家多少户的事情啊。"众人说可不就是吗。在二楼客厅墙边的高腿茶几上，摆放着一台米黄色的电话机。刘少余揭下盖住电话机的罩布，抖抖，瞟了一眼期待地看着自己的众人，从嘴里发出"嗤"的一声。墙上贴着一张通讯录，刘少余的手指在上边移动，定在"法制科"那。他一个个地捺号码，捺好，对着话筒说："法制科吗？我免贵姓刘，刘少余。杨科长在吗？在的话叫他过来接电话。"然后张开嘴在那等，手上还抓着核桃玩儿。少顷，从话筒里传来对方的声音。刘少余把情况简要复述，问对方应当如何处理。“这种事总不可能不处理，对吧？”刘说。然后两下无话，众人判断这会儿杨科长正搁下话筒，走向文件柜，扫视书脊，然后拉开玻璃，抽出其中贴满小便签条的一本，蘸着口水翻动。很快从话筒里传来声音，杨科长建议各位股东按照公安机关查找疑似被侵害失踪人员的相关规定到刑侦大队申请立案，依据是人员携带大量财物失踪，且在失踪前与他人有重大矛盾纠纷。刘少余又拨打刑侦大队电话，刑侦大队指引他们去大队报案。当日，大队值班领导是教导员，他指定分别在市区中队和技术中队实习的两名警院学生处理报案，有事向市区中队民警高晓强请示汇报。高晓强以前是北片中队的副中队长，因犯错误被降职。

十六

两名实习生都是异地儿郎。一名叫陈敏，蓄平头，戴眼镜，眼小鼻短，皮肤黑黄。个子显矮，性格温驯，然而并不柔弱。真要是打架，两个人拿不下他。他是跑步爱好者，每天跑八至十公里，周末跑三十公里，但凡有马拉松比赛就设法去参加。因为跑步，小腿肚鼓胀而结实，用手去抓，和抓石头一样。在刑侦大队，民警因工作需要常穿便服，只有陈敏穿制服，并且戴警帽、打领带，有时还戴白手套。他总是在腋下夹一黑色公文包，内藏材料纸、印泥和笔。从外表就能看出他做事比较拘谨，一板一眼。一名叫秦彤，眉清目秀，唇红齿白，皮肤吹弹可破，然而思维和行动敏捷。相较于陈敏，他对打扮更为上心。有时甚至穿那种黑色、宽松的丝绸衬衣，衣上印制数只鼓翼飞翔的白鹤。其人爱笑，爱去体育场看球赛。陈敏每做一件事前，都会隆重地问："秦彤，你怎么看？"

我们红乌股东一共有三十人到刑侦大队报案，后在高晓强建议下，精简为五人，以吴胜火为首。陈敏秦彤在大队会议室接待他们。陈敏秦彤要求他们出具唐南生有效身份证明。"兀哪里有哩？"吴胜火说。在我们红乌方言里，"兀"是助词，用于句首，无义，和《诗经》里"维以不永伤"的"维"近似。

"我们只是问一下。"陈敏秦彤说。然后在笔录上记录：报案人无法出具证明。他们又问："你们是否在其他地方报过案？"

"没有。"吴胜火答。

"我们也只是问一下。"

接着，陈敏秦彤又问："唐南生失踪前是否与他人有重大矛盾纠纷，有没有人说过'要找他报仇、杀了他'之类的话？"

吴胜火等人说："这倒是没有。人生气倒是有的。"

又问："有谁生气？"

他们答："个个都生气。你说他欠人那么多钱，被欠的还不生气？说起来我们真是倒霉，摊上这么一个老板。我们烧香拜佛求他还活着，他活着就还能还钱。真要死了，我们什么指望都没了。"

之后，两名年轻人骑电瓶车到红叶宾馆，举起相机，眯着一只眼，对着唐的住房进行各个角度的拍摄。然后掏出镊子夹走唐留在枕巾上的碎发，并取走唐留下的指纹、掌纹。他们还扣押唐的手机、衣服、牙具等所需物品。他们开列清单，要曹姨作为见证人签字。曹姨急得汗如雨下。两人只好作罢。两人锁上房间，贴上封条。曹姨见此，脸色惨白，不停地跺足。秦彤问为何，曹姨说自己损失太大，一则这间房再也不能用于住宿；二则房客看见这间房门上贴着封条肯定害怕，别的房间也不敢去住。秦彤问房费一月多少，曹姨说六百。秦彤让她掏出手机，用微信转过去六百元。

"以后呢？"她说。

"以后的事以后再说。"秦彤说。

"那别的房间呢？别人看了封条还敢住别的房间吗？"她说。

"你或许可以整块帘子盖住封条。"秦彤说。

如此曹姨才作罢。

就如何查找唐南生的下落，高晓强拟定"四三三"方案，让两名实习生逐项去做。“四”，即从人际往来、交通出行、财产处置、通信记录等四个方面查找唐南生失踪前后的活动情况。“三”，即从本市110、派出所接出警记录中比对查询，从周边地区新出现的绑架、杀人等犯罪线索中比对查询，从“全国未知名尸体信息管理系统”和“全国公安机关DNA数据库”中比对查询。另一个“三”，即向报案人、唐南生家属及其他关系人调查唐南生情况，制作询问笔录。

这样的方案，条理分明，对两名实习生而言锻炼价值巨大。它不但有助于两人熟悉工作流程，也快速培养了他们和各种人打交道的能力，比如事情找谁批准、找哪个级别批准，去车站、电信这样的机构调查时和哪个部门对接，来往公函应如何写。甚至致谢时是敬礼还是鞠躬、询问的口气是软还是硬，事先都要考虑好。

也正是通过这次调查，唐南生是台东人的说法被澄清。实际他是福建省莆田市仙游县赖店镇留仙村十一组人，原名唐锣生，别名唐伟俊。其妻患结核病早逝，未曾生育子女。其家常年无人居住。前几年台风，老宅浸泡水中，自行瓦解、倒塌。

不过收获一时也就这么多。两人准备向高晓强请示，去调看视频监控。正当此时，以吴胜火为首的我们红乌股东前来献言，说现在探头这么多，何不去瞧一下呢。可谓不谋而合。高晓强说："我何尝不知道去看监控。看监控已经成为我们公安机关最重要的破案手段。我们只要开展侦查工作，首先想到的就是调看监控。甚至可以说是'本能地就想到'。它在追溯犯罪嫌疑人的行为和收集犯罪证据方面，有着不可替代的优势。它神奇到什么程度呢？好比它是一只盒子，你只要揭开，就一定能发现里边有自己想要的东西。我们在第一帧画面看不到的东西，在第二帧会看到。在第二帧看不到，在第三帧也会看到。只要我们想看，就总会看到。无非是看累了，多滴几滴眼药水。我记得有一阵子，我眼睛都看得充血。我听说，在很多地方，技术已经发展到这一步：监控系统已经不再是对事物进行被动地感知，而是像人脑一样，可以主动地去认识、分析。换句话说，已经用不着我们用肉眼去察看。遇有可疑处，它就自动示警。我们红乌也快了。也许你们实习没结束，我们的技术就到达这一步。在这种情况下，感到沮丧的除开犯罪分子，还有我们刑警。刑警不再是侦查活动的主导，而可能只是监控系统一个可有可无的帮手。刑事侦查作为一项古老的、综合性的技艺，正面临失传的危险。你们学历比我高，见识比我多，我说的这些你们一定懂。"

"我们也只是接触一点点。"二人答道。

"你们知道这件事，为什么直到今天还存在吗？"

“什么事？”

“就是去调查一个明显是跑路的人被侵害。这非常荒谬。你们知道这件事一直到今天还存在，是为什么吗？”

“不知道。”

“是我们不忍心拒绝刘老政委。你想，债户失踪，那不就是不想还钱吗？股东们应该去找‘处非办’和经侦，可他们害怕在那边立案后，自己的钱没人还了。他们又不想让人家就这么不见了。因此想到来我们刑侦报案这一出，就说唐老板可能被侵害。你看人的心思是不是很微妙。这件事直到今天还存在，还因为荆教导把它当成一次演习，专门锻炼你们实习生。说说看呢，这些天你们都做了啥？”

两人将自己的调查经过一五一十汇报。高晓强一边听一边颔首，说“好”“不错”“孺子可教”。然后他思虑再没有别的什么要锻炼他们，就说，现在你们可以去调看视频监控了。他说：“我的本意不是不让你们看视频监控。今后你们办案切记还是先看监控。我只是想交代，你们千万不要因为有了监控，就丢掉其他侦查技能。你们得有一技之长，否则就容易被替代。看监控是连小学生都会的事。我说得对吗？”

“您说得对极了。”二人说。

“乖，去吧。”高晓强说。

十七

我们红乌共架设监控探头五千台，分布在大街小巷、重要路口、学校商场、机关单位以及居民小区。监控点还在逐年增加。可以说悄然间布下天罗地网。在红乌市区主干道，红绿灯一般安装在长臂灯杆上，有一天，人们发现，歇足于灯杆的不再是一排麻雀，而是望向各处的摄像机。陈秦二人去市局指挥中心查看监控材料前，好生做了功课。他们翻看、分析询问材料，并重新走访关键知情人，初步确定唐南生失踪于二〇一九年九月十三日夜，具体消失于肯德基至红叶宾馆的一段返程路。那么，去查找相关路段当天及之后几天的监控视频就好。这就好比在进行手术或尸体解剖前，先在肉体上比画，找准下刀的地方。

除开应酬，唐南生一天三餐都在肯德基快餐店解决。每次都是从永修路的红叶宾馆出发，西行至环岛，然后沿人民北路南下，经过两个红绿灯，到达开在原市区中心的肯德基。西行的一段距离是四百米，南下的一段距离是一千五百米。加起来是一千九百米。一天往返六次，合计十一点四公里，对应手机里统计的步数是两万步。唐南生将它理解为一种旨意，每天虔诚且甜蜜地去执行它，甚少违反。我的感觉是他虚无而疲乏的生活需要填入一副合金骨架，填入能让他感受到活着的东西。当然这只是我的臆测。肯德基是唯一到我们红乌落户的国际著名餐饮连锁品牌。开业之日，顾客队伍排到店外四百米处。一些原有的快餐品牌如KBC、麦肯基，有如李鬼见李逵，羞愧难当，无脸见人，拉上卷帘门歇业了。我们红乌人对肯德基的感情很深，虽然它招聘的员工都是本地人，我们还是常对他们竖大拇指，说："你们干得好。"我们都知道，像星巴克、麦当劳、哈根达斯、赛百味这样的品牌是不来的，就是来了也会摇头走掉。只有肯德基不单来了，还租下整整两层楼。我们像是被封锁的国家，看见一位体面的朋友穿越迷雾，前来和自己建交。阳光每天穿过洁净的玻璃窗，照射到肯德基米黄色的餐桌上。我们红乌人举家出动，来到这过去只有在电影里才能看见的地方。那些小孩，定睛，抓着汉堡、鸡腿认真地吃，仿佛他们的胃天生就为这些垃圾食品准备的。大人也忘记几千年饮食传统对自己的约束，变成"中西餐并重"的杂食者。肯德基外的十字路口原先是市区中心，曾有交警在路心岗亭值勤。在肯德基东边、和肯德基隔一条马路的是几代人的购物中心：百货大楼。仍然存在的柜台代表着森严的等级秩序。曾经，柜台里的人面无表情，高高在上，柜台外的人翻出辛苦一年赚来的一点钱，看着它被全部拿走。我听说当初有人为了能进柜台内工作，而向竞争者下毒。现在它早已失去往日的繁荣，就是照进来的阳光，也比别的地方晦暗。可是只要望见它，就像望见弃用的断头台，心中仍会感觉悚然。在物资匮乏的年代，是百货大楼集中了几乎全部物资，好让我们白白看着，数落自己的贫穷。肯德基斜对面是农行储蓄所，我记得储蓄所后曾有一幢四层的农行职工宿舍楼，墙体刷成青色。大约二十年前，宿舍楼被拆除，现在出现在它位置上的是一家酒楼。我记得我这一生第一次喜欢上的女孩，就住在那青色的宿舍楼里。我没有得到她任何眷顾，哪怕是一次礼节性的握手。在我脑海里，她是那么神秘、深奥、难以琢磨，她说的每句话都值得详加分析。我认为她配得上我这么爱她。直到互联网来了。在互联网时代，她即使没有说什么，但她选择过什么、关注过什么、对什么点过赞，还是无情地暴露出来。她的思想、见识、趣味，以及骨子和本能里的东西，被泄露一空。她变得太清楚。我为自己曾喜欢这样一个人感到费解和难忍。唐南生把肯德基的菜品挨个吃完，他最喜欢搭配一杯冰镇可乐。他一边用餐，一边摆弄两台手机。有时他会来到门前台阶，坐下，看像大规模迁徙的鱼群一样打马路经过的骑电瓶车的中学生。有时他会对落群者说："小女生，我跟你讲，你知道你有多漂亮吗？"她们在经过时会看他。她们心里的话是那么明显。她们边看边用眼神示意同伴，似乎在说："快瞧，这里有一个台湾佬呢。"

我们红乌探头的架设规律是越靠近市中心，架设越密。陈敏秦彤二人踏勘发现，在肯德基周边，直径二十米的区域内，架设有三十余台探头。北上一公里，平均五十米架设有一台探头。再北上五百米，平均一百米架设一台探头。永修路总长六百六十米，架设五台探头。其中一台呈半球状，架设在通往人民公园东北门的岔路路口，监控距离不足十米，主要为监控进出公园人员，可忽略不计。另外四台为枪式摄像机，分别架设在距离环岛零米、二百六十米、四百六十米、六百六十米处。（我们不妨将之称为A机位、B机位、C机位、D机位，除A机位镜头朝东，其他BCD机位均镜头朝西。）这款枪式摄像机最远监控距离为六十米，因此整个永修路留下三块长度均为一百四十米的监控盲区，分别处在AB机位之间、BC机位之间、CD机位之间。大致情况如下：

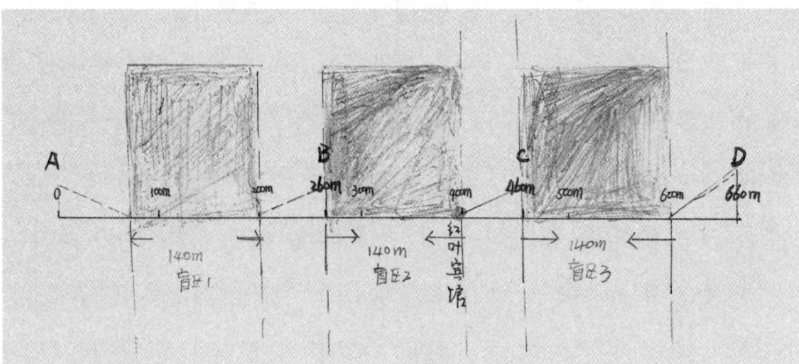

相信在不久的将来，这些盲区会被消灭。制造和铺设摄像头的成本越来越低，没有什么能阻止它们去扩张繁衍。它们繁衍起来就像城南荒地上的灌木一样迅猛。但就目前而言，我们红乌摄像头的安装仍然受二〇〇九年和二〇一七年两次政府拨款的限制。拨款多少，采购到的探头就是多少。有限的探头被优先安装在重要场所，像永修路这样案发率低的偏远路段，分配到四台已属不易。安装前，市公安局指挥中心的民警数次前来踏勘，进行测算，充分考虑了“点和线”“点和面”之间的关系。可以说，将监控点设立在这四个地方，符合“布局经济合理、监控效率最大化”的预期。如果通过监控观测一辆奔行在永修路的汽车，那么每隔一会儿，我们就看见它消失一下，然后又重新出现。这就像是骑自行车的少年，穿过别墅群那边的马路。我们透过别墅之间的缝隙看他时，他是出现一会儿、消失一会儿，再出现一会儿。我们据此也能完整复原他的行为。

这是陈敏秦彤二人第一次调看监控视频。他们找到九月十三日永修路B机位的监控视频，在下午四时往后一点的时间，发现唐南生背着牛皮书包往环岛方向走。他是那么好辨认啊，因为他身高只有一米五，并且一条腿略长一条腿略短，因而走路一高一低。还有，即使是在画质不很清晰的监控画面上，人们也能从他身上看出所散发出的一股子自恋气息。我们常在一些面部浮肿、长相丑陋的中老年男人那看见这种自恋。唐南生往前走时，总觉得身后每个人都在驻足或回头看自己、欣赏自己、啧啧称赞自己。他将两手插入裤兜，不时甩动顶上的一小绺头发。他的背上仿佛长了一千双毛茸茸的眼睛，在对着你不停闪动。啊，真是让人恶心坏了。接着，陈秦二人在架设于环岛的A机位那，看见唐南生走来的景象。他们就要一个个机位地看下去时，指挥中心副主任王毅芳过来，抓住鼠标，连续点击数下。也就是到这时，陈敏秦彤二人才知道，在高晓强那还只是展望或者说期待的人脸识别技术，市局指挥中心已经在应用。他们想起学院教授反复说过的一句话："科技比我们的想象要快。当我们还在设想什么东西并且这种想象还没结束时，科技就已经将它呈现出来。"王毅芳点击放大视频中唐南生的脸部，然后停在那儿。仅仅只是稍加等待，原本模糊的唐南生头像变得异常清晰。"是不是他？"王毅芳问。

"可不就是吗！"秦彤说。

王毅芳又点点鼠标，于是电脑自动对唐南生的眼角、鼻尖、鼻翼及嘴角等关键点进行定位、描述，依据这项数据，它到视频库里自动进行人脸比对，很快回溯出唐南生所有被监控到的行踪。陈敏秦彤二人主要察看唐失踪前几小时的活动。他们看着唐一会儿从画面上端走到下端，一会儿从画面左侧走向右侧（或者相反）；一会儿从小变大，变得清晰，一会儿从大变小，变得模糊；一会儿从这帧画面消失，一会儿从那帧画面出现。唐南生花了一小时才游荡到肯德基。傍晚六时一刻他走出肯德基，并在出门时和一人相撞。画面显示出此人特征为“男性、成人、短袖、长裤”。王毅芳说：“如果你们想知道这人身份证号码是多少、亲属是谁，分分钟就能查出。”唐南生和那人不肯相让。那人将唐推回至餐厅，自己走进去。唐再度出门时，回头看着里面，满腹闷气，喋喋不休。王毅芳说：“如果你们想听清他骂了些什么，那也是能办到的。”而后，唐在肯德基前的台阶上坐下来，他一边单手握住胯裆，一边不由自主地看向过往的女人。如果女人是骑电瓶车飞驰而去，他的脑袋像是受惊一样猛转过去。如果女人是走路，他转头的速度也会放慢，一直目送她们消失。他伸直两条短臂，大张开嘴，狠打了几个哈欠。然后，在傍晚六时三刻，他起身北上，向红叶宾馆的方向走去。人民北路是一条坡道，沿它北上，容易吃累。唐南生走走停停。马路西面开着一溜内衣店、蛋糕店、咖啡店、珠宝店，相对时尚。东面房子破旧，开着手机卖场、烟店、小吃店、性用品店。唐南生自然是掀开门帘，进性用品店去了。中途他举着一个粉色的倒模出来，就着光看，还尝试掰开它双腿，然后又送回去。再度出来后，他拍打着双手，明显是什么也没买。性用品店上方是一家小规模的家电城，门口摆放着一堆液晶电视，正在放“维密秀”。唐南生眼睛一眨不眨地看着。少顷，他往上走，看见鑫宇形象设计的员工统一着装，在门前站成一排，接受店长的训话。这次训话似乎是因为有一名员工在店外抽烟。“我不是说不允许你们抽烟，而是你抽烟能不能死远一些抽，能不能脱下制服抽？你知道人设对我们生意对我们事业对我们实现‘五个一’目标的重要性吗？我们的人设难道是松松垮垮地站在店门外，把烟往嘴里送，抽一大口吗？”店长说。然后他问一句，那些员工就集体答一句，要么是“好”，要么是“不能”。唐南生继续北上，这里是公交公司。已经下班的师傅就着门口的石墩六个人一伙地甩纸牌，旁边是送来的若干份快餐，用一只大薄膜袋子装着，袋口扎紧，应该是饭还没送来。唐南生踮着脚看一个人手里抓的牌，那人看他在看，将展开的牌合拢。不过唐南生还是饶有兴致地将这一局看完。似乎是有人邀请他来顶替自己，他伸出一只手，摇摇，说不会。“这一块的监控显示得真清楚啊，连打牌人嘴里的一块银牙都照出来了。”秦彤说。再往上，过红绿灯，就是原政府大楼。政府搬去城东后，大楼让给公安局。我曾经在公安局上班，也曾在政府上班。后来我辞职去了外地。唐南生在陈敏秦彤目光的紧盯下，继续浑然不知地朝北行走。过第二个红绿灯就是人民公园南门。人民公园占地三百二十亩。人民北路的北段和永修路紧贴它的西面和北面。人民公园的南门前，有一块两个篮球场大的广场，时有老妇人结伙在此跳舞。这一天也不例外。通过视频画面，陈秦二人发现唐在广场边上的石凳上端坐良久，后来弯腰，让双肘抵在大腿上，又用双手抱住低下的头。他似乎在经历一阵巨大的病痛，兴许是胃痉挛，总之能看见他的上身在颤晃，特别是背部。在他面前，滴下一摊水。不久他们知道，唐南生那一滴接一滴往下滴的并不是汗，而是眼泪。他也不是身体不好，而就是悲伤。这简直是奇迹性的发现，此前可从没人看见这样一个无耻之徒哭啊。他哭泣的时间特别长。那哭泣的水箱干了，又添进来新的一箱。那些跳舞的老妇人表情麻木，专注于自身肢体的动作，对此一无所知。唐南生边哭边拉扯头上的头发，他口袋里全是从肯德基顺来的纸巾。他展开纸巾擦拭鼻涕和眼泪，然后将它们揉成团，地上到处是他扔下的纸团。走上马路后，他一次次将双手朝两旁的空气插去，脸上还在哭泣。这时有人看见他哭了。通过监控视频，陈敏秦彤发现，有一辆密封式三轮车和唐南生相向而行。唐南生在马路东边走，三轮车在马路西边走。

接近时，三轮车驾驶员拨开塑料车窗，探出头观看。其间，车辆并未减速，但轮子向唐南生这边拐过来不少。似乎是为了凑近看清楚一点。而后，三轮车加速，扬长而去。在人民北路的北段，路西是废弃的钢管厂宿舍，路东是公园围墙，五百米的路程，摄像头的架设开始稀疏。这里应该有五块各长四十米的盲区，其中第三块被博物馆自装的摄像头拍摄到，因此只剩四块。陈敏秦彤看见，唐南生带着他被路灯照射出来的影子，一次次出现在镜头里，一次次消失在盲区。直到他来到环岛。在环岛他已经完全正常，既不看路上的行人，也不哭泣，而只是专心于如何走回红叶宾馆。永修路上的A机位和B机位捕捉到他东行的踪迹。但是在经过B机位，走入那段长达一百四十米的盲区后，他就再也没有出现。C机位一直没有拍摄到他到达红叶宾馆。这时是九月十三日晚八时零四分，从这时起他失踪了。也可以说“不翼而飞”。

十八

唐南生消失于永修路上第二段监控盲区。盲区内，路南有住户二十六户，路北有二十五户。路北之所以少一户，是因为要留下一条巷道，便于车辆通行至附近裕丰村。陈敏秦彤二人认为，九月十三日晚，唐南生无论是主动还是被动失踪，只能是通过以下途径：

（1）从巷道离开；

（2）进入永修路五十一户人家中的某一户；

（3）搭乘路过的交通工具（滴滴、公交、私家车）离开。

以吴胜火为首的我们红乌股东具有丰富的想象力，他们认为不能排除唐南生搭热气球逃走及被化尸水处理掉的可能性。我记得很清楚，就在两名身高相同的预备警察走进永修路的同时，寒冷的天气跟着降临。天空压得很低，雪花在风的吹动下到处飞舞。沉甸甸的落叶堆在沟渠旁。地面变得湿滑，车辆一辆辆奔行过去，各种款式的轮子卷起地上黑色的泥水。几乎还在上周，人们还穿短袖上衣，本周就不得不穿上秋衣秋裤、羽绒服，围上围巾。夏天它消失得比爱情还快，而冬天一旦来临就坐稳它的江山。我想起自己离开红乌，就是源于对枯燥无聊的工作和湿冷天气的双重厌恶。北方的干冷是可以抵御是可以去好好相处的，南方的湿冷却不能。南方没有暖气，室内的水泥地总是渗水，比室外还冷。人穿的贴身衣服过了一会儿就湿透，粘在脊背上。人被逼得没有地方可去，宁可抱着烧红的铜柱把自己烧死，也不愿意待在寒冷刺骨的世上苟延残喘。我记得就是在这样的天气中，我和兄弟被迫走向路边，解下龙马运输车冰冷的车厢挡板，拆开绳索并将它从扣眼里抽出来，掀开青色苫布，将从外地批发来的货物搬进仓库。我们家做了几十年的小生意，一家人活下来全仰赖于此。现在只要看见运输车我就恶心，这种恶心甚至波及蓝色这种颜色，因为当初所有龙马车的车厢都刷着这种颜色的车漆。甚至听到这种车鸣笛我也会冷得哆嗦。一听到，我就想到自己要张开皲裂或长着冻疮的手，去提捆扎在纸箱上的打包带，让它的边缘像刀一样割进指肉里。利润是如此的少、如此可怜，人还得在这样的天气出来劳动，累得半死。父亲的脸和冬天一样冰冷，没有表情，只有简单的命令和无可挽回的裁决。想让他过来搂住你安慰你，做梦吧。一切所见全是彻骨的冰冷。树枝是冷的，桥是冷的，枯草是冷的，水洼是冷的，甚至在店铺和餐馆帮忙的女孩也是冷的，因为没文化。没有文化就没有愉悦，只有负担。与之性交有如自我谋杀。河里边没有水。依据一动不动的电线杆，我们知道该死的柳条在飘拂。我还记得一位养老院的老人不慎滚下床后，冻成冰柱。火化的时候，人们要用铁锨先把冰敲碎。

我看着两名预备警察，仪式感十足，按照“南一家北一家”的次序，一家一户地进行搜查。从盲区西头一路搜向东头。我赌他们手里没有搜查证，后来事情被证实果然如此。逐户搜查是两人的意志，他们需要通过这种方式体现自己对人生经手的第一起“案件”的重视。没有人给他们别的机会。我们常在一些球队替补队员那看见这种郑重其事。哪怕只是给这名队员几分钟的出场时间，他也会把事情的程序做足，把它产生的可能性都实践掉，哪怕教练本意只是想利用换他上去消耗一些时间。我们红乌市公安局刑侦大队领导的想法也是这样，只是出动两名实习生来搪塞那些更江南股东。要是有人质疑，领导会说：“他们就不是警察吗，还考上研究生呢，比我们所有人学历都高。”领导不会批准他们去搜查，也不会阻止。领导不会说“你们去做做样子吧”。面对他们高涨的热情，领导只是强调：“切记不要惹出事来。”因此我赌他们拿了一张过期的或是空白的搜查证，在入户前以闪电般的速度取出来又放回公文包，表示已经向户主出示过，神态不失自然。前边交代过，永修路过去叫农商路，是农民进城买房的地方。因此这里的住户文化水平普遍不高，对法律程序了解更少。你就是不出示搜查证，他们也不会觉得有什么。陈敏秦彤就这样一户户地进去，东寻西觅，翻箱倒箧。席梦思床垫都推起来，怕床下藏尸。家里还有未填封的水井的，须拿长杆捅向井底，看有无异物。后来他们还游说在警犬中队实习的同学牵来一条四腿棕黄、前额发黑、背部滚烫发热的德国狼犬。狼犬进门后找到楼梯，一跃而上，把每个房间跑遍，然后快速回到楼下驯犬员跟前，摇晃尾巴。应该是等待后者计时，给它奖赏。挺吓人的。陈敏秦彤二人一直没有搜到唐南生失踪的证据和痕迹。他们搜到一家时，有几名街坊正聚拢在客厅带孩子。陈秦二人忙时，她们欲言又止。等两人要走，她们中的一人轻轻捉住他们的衣裳。

“有什么事吗？”陈敏秦彤问。

那妇人低下头正要放弃陈述，旁边有人推她胳膊。于是她鼓足勇气，举起左手，让拇指和食指的指尖相连，构成一个圆圈。同时拿右手食指捅那个圈。

“啥意思啊你？”陈敏秦彤说。

她领他们到窗前，指向对面某家，说唐老板可能和那家人有奸情，五十元一次。“冇那么贵哦。顶多三十一次。”旁边有人斧正。

“不过——”妇人说。

“不过什么？”陈敏秦彤问。

“不过不要这么快就过去查，免得她知道是我说的。”她说。

陈敏秦彤对视一眼，兵贵神速，出门骑上电瓶车往对面冲。还是依靠前轮撞上墙壁，车才停下来。他们“嘭嘭嘭”地拍打防盗门，大叫“有人吗”。而他们刚离开的那户人家已闭好门，窗帘也拉上，家中在放的电视想必也关掉。一名大马脸女人慌里慌张地打开门。她理着长波浪发型，给本来就大的眼睛画了眼线和眼影，使它们看起来有如牛目，给丰厚的双唇也抹了鲜红的口红。她还可能隆了鼻子。这么冷的天，她微微敞着雪白的胸口。可以说，为了使自己变得富有吸引力，她尽了力。可是这张脸给人的最大印象还是死气沉沉。

“说，你把唐老板藏哪去了？”陈敏秦彤问。

女人听不懂，木然地看着他们。少顷，她坐向地面，又侧躺下去，然后不停蹬双腿。两名实习警官问：“你这是咋啦？”

“哎呀，你们这样诬赖我，我要死了。”她说。

她越如此阻拦，陈秦二人越觉得其中藏着猫儿腻。他们强行往里突，女人则紧抱住他们双腿。他们要想向前迈一步，就得拖动一次她长而丰腴的身体。永修路的街坊多半围过去看，觉得事情就要水落石出啦。后来陈秦二人依靠居委会帮忙，还是对女士的住所进行搜查。女士情绪平复后，也对她进行了问话。结论让人扫兴。她和唐南生没有任何瓜葛，她甚至没听说过唐，也不知道更江南。房里挂满她糟糕的油画和诗作。她作为一名文艺青年的身份被暴露了。这就是她羞耻的根源。不久，在我打点行李返京时，我听说她搬去邻县。她家防盗门上多拴了一道链条锁。她跑得就有那么快。我仿佛看见她在逃亡时双手捂着脸，自言自语："好了，叫你不嫁人，叫你不上班。"

妈妈给我编织了一对毛线手套。那些天，我戴着手套，交替让双腿落向地面，站在永修路30号的家门口，看两名九〇后警官像蚕食桑叶一样，稳定而有效率地对盲区领域内的人家进行搜查。一路搜向我们家。灰白色的马路使用多年，还算平整。有一段路面——大概有一米长——微微拱起，汽车经过难免会颠簸一下。不过并不碍事。有几次我发现，骑电动三轮车经过的师傅，眼睛是闭着的。这说明他们在利用这一段好而平坦的路面打盹。有时车辆一辆接一辆地奔行过去，有时一辆车也看不见，光秃秃的马路上只有穿橘色马甲的清洁工扫地。我看着两名警官走到我跟前。他们个儿一样高，不过一个黑一个白，一个粗糙一个英俊。我一开始还以为是一男一女两名警察过来。这种错觉保留了很长时间。我自打看见秦彤，眼睛就再也没办法摆脱他。我们的距离是如此近。我们对视着。我看见他微微张开嘴唇，露出一半雪白的上牙齿。这是一种中间状态。很明显他不急着说话，但又不想抿紧嘴，使人感觉生分。他有一双有光的眼睛。他将眼神微微上抬，半是恭敬半是渴望地看着我。我感受到他对我的信任，这是一个人对上级或耶稣的近乎虔诚的信任。他的脸小巧，皮肤细润如玉。原本弧形的眉毛被修得又黑又直。在他左下眼睑的中心有一颗非常小的痣，这颗痣和散布在脸颊外侧的另两颗同样小的痣处在一根直线上。我甚至能看见第一颗痣与第二颗痣之间的距离，恰好是第二颗痣与第三颗痣之间的距离的一半。在他雪白的脖子上挂着一条带着淡青色小圆坠子的项链（有那么一刻我想我要是这颗坠子就好了）。我们就像有着多年亲密的情谊，如今的见面不过是这种持续的交往中自然而然的一部分。我们这样不知羞耻地对视时，陈敏轻轻碰了他的伙伴一下。秦彤根本不理他。直到我听见自己作为中年男人的吞痰声。我低下头，躲开他火辣辣的目光。我为自己感到羞耻。我刚才的失神，一切所作所为，从客观角度讲，就是一名中年男性对年轻女子表露出赤裸裸的馋，色心不死。让我更感羞耻的是对方恰在这时开口。他一开口我就知道他是男性。我醒悟过来，这个世界已经不再阴森而单一，男女两性的性别差异在逐步缩小，男性出现女性化的倾向，正如女性出现男性化的倾向。

"不像。"秦彤摇摇头，说。

"我说了不像的。"陈敏对他说。

"什么不像？"我问。

"我看你很久，不像是什么杀人藏尸的罪犯。"

他这样说时，还大力拍打我的左臂，对我表示安慰。我稍微推算了下，他应该出生在一九九四年。我没有告诉他，我就是在一九九四年考上他现在所读的警察学院的前身：省公安专科学校。我也没有告诉他，自己做过几年警察。我看着他用拇指巧妙地盖住搜查证上的日期，把那张纸在我面前晃晃。我什么也没说，给他们推开门。

他们后来还去调查九月十三日晚在永修路经过的车辆。直到结束实习，离开我们红乌，他们也没找到唐南生的一根毛。我们红乌的股东亦多次自发去找唐南生，均无功而返。

十九

我想重申，我之所以对事情知悉如此详细，并非我去做过什么调查，而是主动来找我讲述的人太多。这些信息源包括身为更江南股东的亲友，也包括我在公安局工作时的同事。我这次回来待的时间很长。最初，当我醒来时，我需要经过好一阵子的思考和判定，才能知道自己身在何处。有几次我的视线会朝着门相反的方向去寻找门。后来我就熟悉了故乡，包括熟悉这些像空气和风一样无处不在的关于更江南的消息。不过，我知道唐南生的下落被找到，还是在离开之后。

揭开秘密盖子的人叫潘洹夫。

潘洹夫我认识，他常穿一件易被误认为是中山装的蓝色呢子大衣，嘴角含半根积满烟灰的香烟。两根湿漉漉并且粗大的鼻毛从鼻孔伸出来，越过浓密的小胡子，直抵上唇。头发呢，像一把硬刷子。潘洹夫有件事迹我们红乌人都知道，就是三年内五次到派出所申请改名，最终获得批准两次。他原来叫潘登，后改名潘升、潘谦、潘帕斯、潘洹夫。潘洹夫毕业于地区学院文传学院，在乡下教书若干年后，考中市科技局公务员。据说他为此复习将近一年，可仅到科技局上班三个月就挂冠而去。第一个月他表现出烦躁，说所在办公室同事，一无理想二无道德三无价值观，自己置身其中，未免虚度年华。第二个月他诉苦，每日在此弯腰行礼、屈身于人，把自己弄得一点骨气也没有，简直是庸俗极了。第三个月仿佛是为了给这样的想法来一锤子，他抓起办公桌上的瓷杯砸向地面，说："我情愿去做生意，过得造孽一些，也好过待在这里。"然则他生意也做得并不顺心。那些员工说他去超市，就是对货物有仇，要逐一加以审判。食品添加不必要的色素，下架；蛋糕含反式脂肪，吃了不能消化，下架；不能排除农用化学物质污染的，下架；未标明是否转基因的，下架。后来他知识进步，认为转基因其实比非转基因好，又把那些强调非转基因的货物下架。他搜集整理有问题企业名单，贴在超市公告栏。但顾客并不因此就买账，他们反而埋怨他定价太高，要向物价局举报。他入股美容美发店也是这样，反感向顾客销售会员卡。后来他因为想法得不到其他股东支持而退股。

我和潘洹夫有过一两次短暂接触，都是市文广新旅局吴宝笙带他来，探讨写作上的事。我看出此人喜欢对人交心，热爱公平、正义，相应的是，一旦察觉自己和他人言行存在瑕疵，也必深恶而痛绝之，认为“一个人不能这样不得体”。最近一段时间，我喜欢在和人相处时赞扬对方。我打好腹稿，准备称赞潘洹夫是“新时代的匕首、投枪和斗士”。谁料他先自己说：“要说啊，我吃亏就吃亏在自己是新时代的匕首、投枪和斗士。”我很庆幸彼此相谈甚欢。说实在的，一旦出现分歧，我还不知道如何收场。在处置唐南生一事中起主导作用的王池深，和我一样，看出潘洹夫有不可托付、不可共事的地方。王池深他们那天约定九人聚议。他们戴口罩、帽子，或用围巾遮挡嘴巴，从三个不同入口走进原刀剪厂老楼。在那里，二楼会议室窗帘紧闭。来者手机被要求关机，统一保管在多屉柜的一格。现场清点人数，多出一人，潘洹夫就是那多出来的第十人。当时甲认为是乙将他带来的，乙认为是丙将他带来的，没有人深究。说起来潘洹夫也是受害者，这次为投资更江南还出售了一套房产。议事前，王池深关灯，打开手机照相，在房间内转圈，看屏幕上是否有红点。根据一种说法，如果屏幕上出现红点，就说明这里装着针孔摄像头。王池深在阐述自己的计划时，一边扶镜腿，一边握大头笔在白板上画示意图。几乎在画好的同时，又将它擦掉。大家或双手交叉抱臂或单手支颐，坐着，微微凝眉，陷入思索。只有潘洹夫又是击掌又是拍打桌子，表现兴奋。他拍桌子也不是猛拍一下，而是像乐章进入高潮，乐手拍打鼓面那样又急又快，几乎是没有休止地拍。他拍够了，绷直身子凑向王池深，向后者递出一个大大的拇指。王池深就是在这时看见自己的灭亡的。之前他不是没想过被逮捕，只是这样的事实像死亡一样遥远而抽象，人在好好活着时，谁会想到死呢，尽管从古到今还没有人能免于死亡。现在，就在这一刻，就在潘洹夫用烨烨放光的眼睛看向他时，他看见自己那很快就会实现、几乎无法逃避的结局。他看见几十名警察簇拥着两名警察，两名警察抄起他双臂，在啪啪作响的照相机拍摄下，将他押进死牢。*只要他一启动这计划，他也就难逃一死。*他的心像是被猛划一刀，难以忍受的痛苦攫紧他，令他不得不低下头，闭紧双眼。*他若是把唐南生送上西天，自己也就得跟着上西天。*

王池深站着发呆，任内心充满后悔和责怪的情绪。片刻后，他开始向大家（其实是向潘洹夫一人）表露态度，他才不会实施这一计划呢。在确信白板上一个字也没留下后，他快步走向门边，摁熄所有的灯，说："你们以为我真的想弄死他啊？我只是气不过罢了。我从小就知法懂法，遵纪守法。"少顷他又补充："这事也就说说，出出气，谁还敢真干呐？"

"有什么不敢的，怕么事？"有人问。

"要干你去干，我可不干。"王池深说。

"好玩！是你叫我们来干的，你现在又不想干了，你是么事意思？"那人说。

王池深没有回答，他拉开抽屉，取走自己的手机，又拉开门扬长而去。大家在昏暗的光线中推推搡搡，低声骂娘，挤向抽屉那儿翻找手机，然后作鸟兽散。今后，每当王池深想重启这一计划，就会想及潘洹夫那近乎诅咒、过为不祥的眼神，因而一而再再而三地推迟它。那些和他志同道合、一门心思要弄死唐南生的人对此有双重不解：一、潘洹夫也是投资受损失的股东，实在看不出他会有什么理由同情唐南生；二、从聚议那天潘洹夫的肢体语言及眼神里，大家看见的是他对行动的绝对支持。支持到什么程度呢？支持到手舞足蹈。拍桌子时还双足离地，往上跳。

"为什么你会觉得这样的人会背叛我们呢？"他们问。

事情解释起来过于复杂，王池深选择不去解释，只说"你们听我的没错"。很多天以后，在他被捕，并且确认自己落网就是因为潘洹夫举报之后，他对那名他引为知音的讯问者说出自己忌惮潘洹夫的理由。“因为他热爱真理，”王池深说，“他热爱就会去支持。这种支持彻底而深入，很容易转化为行动。也就是说，一旦他认定什么事，就一定会为它做点什么。然后……你会悲哀地发现，真理在他心中并非像磐石一样坚固，而是像气候一样始终在变。你懂吗，昨天他还支持的真理，今天就反对了。他转而去支持一个和昨天的真理完全是对着干的真理。他在两次的支持中投入的热情是一样的。也就是说，今天你看见他支持我们以私刑处死唐南生，明天又会看见他以同样的热情支持你们逮捕我们。哪怕这对他没有半点好处。这就是我害怕他的地方。”

王池深下决心按原计划行事，是因为志同道合者不停地催促。一段时间以来，聚会商量如何处死唐南生，成为这些人生活的一部分，甚至可以说是最重要的一部分。有时他们不需要谁召集，到了点，就不约而同来到某处，从日升到日落地聊起来。他们开始聊的时候，自动接起上次结束时留下的议题。这次聊天结束以后，又为下次聚会预备新的议题。这使我想起烤火，新的一次烤火总是由刨出昨日掖在灰烬之中的炭火开始，到再为明日埋好接续的火种结束。在聊天中，懦弱的人因为处在集体中，胆量被释放出来。他们往往表现得比别人残忍十倍。

为如何弄死唐南生并且装扮这具尸体，他们提出许多让人不安的建议，这些建议最终一一得到落实。在聚会的次数达到一定数量后，他们中有人开始伏在桌面哭泣。这种屈辱的情绪感染大家，使大家对自己恨之入骨。“我们只是口号上的巨人同时是行动上的矮子啊。”哭泣者说。他说过之后，行动就没有拖延和迟缓的余地了。王池深能做的是带领大家举香，朝黑暗中的关公像鞠躬作揖，并且祈祷。他祈祷潘洹夫装聋作哑，少管闲事。另外他也庆幸，在具体实施行动的那一天，潘洹夫恰好去省里参加由一家医疗美容有限公司举办的“医商财富分享会”。

九月份，当唐南生失踪的消息传出来时，潘洹夫站在路边，右手握拳，将拳头击向等候在半空的左掌，面露神秘之微笑。他让路人拍下自己这一拱手照，发到朋友圈，并配图说：“探虎穴兮入蛟宫，仰天呼气兮成白虹。”仅仅几天后，同样在朋友圈，他又发出疑问：“求教：以不公正的方式对待对自己不公正的人，就是公正吗？”你无法知道，这样的疑问出现，是一段时间持续思考的结果，还是灵感的火花刚刚冒出。你只能确定，自从它来了，就像最凶猛同时最具耐药性的癌细胞，就在他的思想之躯体扎下根，再也不会离开了。它只会不可逆地变大、扩散，终至于不可收拾。就像王池深后来说的，眼瞧它从一滴水珠变成溪，从溪变成江，从江变成海，又从海变成大洋，或者从一颗卵变成鸡，从鸡变成鹅，从鹅变成猪，又从猪变成大象，你根本无法把这样的想法掰回来。在历史上还没有先例。“他他妈绝对是个疯子。”王池深说。王池深在看见潘洹夫发出这样一条朋友圈动态后，汗如雨下，敏锐并悲哀地意识到，自己在自由社会的日子已经屈指可数。他想把潘洹夫也杀了，为此还绘制草图数张，对步骤进行设计。但最后他只是利用假证搭乘高铁，去了理论上能到达的最远站点，在那里隐姓埋名地生活。“然而这不过是自欺欺人。”后来王池深对民警说。

此后，几乎是每三天一条，潘洹夫在朋友圈发出自己对“私刑”这一方式的思考：

一问：你决定对一个人采取私刑，依据的裁量标准是什么？是国法（包括成文法和不成文法）、宗教的经文、《论语》、江湖规矩、行业规定，还是只是你自己的“良知”和“理性”？

二问：你为什么相信自己的“良知”和“理性”就是“良知”和“理性”？有谁（包括机构和人）为它背书？你有什么证据证明它不是“一时的冲动”或者“泛滥的兽性”？

三问：在实施私刑过程中，你如何做到只是惩罚罪犯，而不夹带任何发泄兽性的私心？如果你自信能做到这种单纯，你又如何确保你的同志也会做到？如果别人质疑你是在发泄兽性，你能提供什么证据证明你不是？

四问：你得问自己一个问题：你是在惩恶扬善，为恢复社会的公正秩序而努力，还是“狂热于暴力和血腥本身”？如果答案是前者，你能“确保自己掌握好惩罚的度”吗？能做到不偏不倚吗？你具有这样的专业背景和技术条件吗？能充分讯问和询问当事人吗？能广泛、深入取证吗？你会允许当事人聘请律师吗？你允许他为自己辩护吗？你能给他提供一个“看得见的诉讼程序”吗？你为审判配备了陪审团吗？你能把案子办成铁案吗？

五问：如果无法从技术和程序上保证私刑的公平，你又怎么能确信自己是在消除不公，而不是在制造新的不公呢？又怎能确信自己的行为是1-1=0，而不是1+1=2，也就是使原本只是一份错的错变成两份错呢？

六问：如果你认为自己有权以自己的方式处置死者，那么死者的儿子同样也认为自己有权以自己的方式处死你。然后，你的儿子也认为自己有权以自己的方式处死死者的儿子。然后，死者的儿子的儿子也认为自己有权以自己的方式处死你的儿子。然后你的儿子的儿子也认为自己有权以自己的方式处死死者的儿子的儿子。如此冤冤相报，世代为仇，人类如何看得见出路。你会认为你所据有的是绝对正义，死者的儿子所据有的就不是吗？如果死者的儿子这么干了，你不支持你的儿子针对他也这么干吗？他们不但和你一样认为采取私刑是权利，简直还是责任和义务。

七问：为什么数个世纪以来没有一个政府承认个人有私刑的权利？你不觉得现代社会之所以还在有序地运行，基础之一就是我们每个人都在停止行使私刑的权利，将它让渡给了集体吗？这是基本的契约。我们中有谁动用这一封存的权利，都是对契约的凌驾和践踏，都是对他人为社会默默付出的伤害。

八问：如果我们不能保护自己厌恶的人免受私刑之害，也就不能保护自己和亲人免受同样的伤害。一千个人有一千种"良知"和"理性"。我们面对具体法律条文能够自信地生活，面对浮动、多变、那一千个人的"良知"和"理性"，却只能恐惧、担忧，不再具备任何安全感。

九问：为什么越是学历高的人越视私刑为洪水猛兽，而越是文化水平低、受教育少的人越是迷信和崇拜这古老的裁量方式？我们衡量一个人是否进入现代社会，其重要标志不是他是否在使用肥皂、香水，而是他是否克服了私刑欲望。我们不能葬送一代代先人为我们搭建好的文明大厦。

他继续写：我为自己感到羞耻。

他又引用约翰·多恩的诗句：

无论谁死了，

都是我的一部分在死去，
因为我包含在人类这个概念里。
因此，
不要问丧钟为谁而鸣，
丧钟为你而鸣。

二〇一九年十二月三十一日二十三时五十分，在一阵强过一阵的焦虑感的催促下（据他自己说，就像是一阵又一阵的涟漪从手臂扩散到全身），他站起身，拨打110。一俟接通，就说："怎么这么久才接电话呢，我得报警，唐南生被杀了。"接电话的是名姑娘，因为饱受报假警、报假案之苦，她一边说"请讲"，一边本能地提醒："谎报警情可是要被行政拘留的。"

"我怎么可能报假警呢？我知道唐南生老板被杀了。"潘洹夫说。

"你慢慢讲，他被杀了，在哪被杀了？"

"我不确定是在哪被杀的，我知道杀他的都有谁。"

于是，潘把那天聚议的时间、地点，以及参与人员姓名，详尽说出。其中一人叫孟祎，他强调"祎"是"示字旁加一个韦字"，而非人们常用来写他名字的"一二三四的一"。"你们找这些人一个个问，没有问不出来的。"潘洹夫说。挂电话后，因为感到禁锢自身的道德束缚已解，他来到窗边，看窗外正燃放的烟火，朝胸前不停挥动右拳，后来又撕去二〇一九年日历的最后一页。在去公安局刑侦大队录口供时，他对民警说："你不用保护我，你就跟他们说是我举报的，我承担得起。我的眼睛容不得任何沙粒，沙粒不取出来，我苟活何益？我若有一天为此事而死，也是死得光荣，死得其所。"

警方派出六队人马，将在红乌的六名犯罪嫌疑人抓获。另外三人有两人火速回来投案，一人尝试继续逃亡，虽然戴了防尘风帽和口罩，并且压低帽檐遮住眼睛，还是被外地警方很轻易地抓获。他们一个个股栗欲堕，汗流浃背。其中一人在警方还没有把他带到讯问地点讯问前，就已把杀人经过完完全全、详详细细地倒出来，使得同伙没有发挥之余地。

二十

永修路38号住着一对进城做早餐生意的年轻夫妻以及一双儿女。我对他们家有印象是因为他们房子面街的墙体，没有装窗子，露着两个很大的洞口。他们买房时房子就是如此，他们可能还想把它出售。我们知道，一旦要卖房子了，花在房子上的装修款就全打水漂了。不过我记得他们在永修路住下至少也有七八年。在这七八年里，他们那发育很早身材瘦长同时脸色酡红的女儿，似乎从未停下奔跑的脚步。她整天和弟弟，在马路和场基上，像狂蜂一样按“8”字形的轨迹追逐。总是她在前边跑，身量只有她一半的弟弟在后边追。总是她打一下他，或者只是做出打的手势，他就像感应机器人一样埋头追起来。我们在她的奔跑里看出真切的慌张（啊，她弟弟简直要吃了她），然后在意识到将对方落下太远后，又原地蹬跳，等待他接近。有时，她就是端一碗粥在门外吃，双腿也在持续不断地踏步。她的妈妈总是对那些被她冲撞得七零八乱的邻居说：“唉，我真巴不得她被汽车撞死。”

我忘记她是叫张霞还是张丽。

我问母亲，母亲在电话那头说：“我本来是知道的，要死呗，你这一问，我一下子记不起来了。”这名不知道是叫霞还是叫丽的姑娘，在她倒了大霉的这天上午，从永修路西头的环岛，铆足劲朝东边跑。她在来往奔行有如相向移动的“撞岩”的车辆的夹缝中穿行，反超了一辆无声无息奔驰的电动三轮车。后来她跑向路边。她拨开几乎是刺向她的枝梢，以跨栏姿势飞过数个中心积水的沙堆。有一次她提前伸出并拢的双手，在它们接触到共享单车坐垫的同时，一推坐垫，将自己双腿摆到空中，从一侧翻越过去。人们看见奔跑的她脸上有两团小肉在上下晃动，辫子在脑后一蹦一跳。她张大嘴，像飞机将横幅拉出来并展开在空中那样，将要说的话扔向身后。“来啦，公安局的来啦。”她喊。她躲开一切危险，却几乎是在最平安的地方，像是被巨大的磁力吸附那样，扑向一辆从巷口缓缓驶出的小客车的侧面。“兀哪里叫作行驶呢，比乌龟爬行还慢。”司机逐一向人解释。有几人目击，不过他们婉拒司机要他们做证的恳求。他们都看见是她张大四肢，飞到车身去。她鼻子被撞平，一只眼睛又青又紫，难以睁开，一只手脱臼。有人怕她窒息，说要把她舌头拉直。司机就着自己的车，把她送往医院。

在她报信之后一刻钟左右，一辆轮胎有微波炉那么粗的特警防爆车、一辆福特福克斯警用轿车、三辆瑞风警用面包车、一辆法医用车、两辆施工车、两辆装满工人的大三轮车以及一台挖掘机，带着一股巡游或接受检阅的凝重，依次开进永修路。直到来到我们家附近，才停下。一批辅警提着锥筒下来，以那棵看起来又长大不少的伞状的树为中心，设置一个面积约大于一百四十平方米的警戒区。十五名警察、辅警背着双手，站在警戒区外沿。我在微信朋友圈和一些群里看见有超过三十人发布视频。有些人是站在人群外拍，他们高举双手，使镜头越过挤挤挨挨的前人。有些人是通过自家二楼的窗户往下拍。有一人是透过屋顶麻将房的窗子往下拍的，画面中出现自动洗牌的声音以及挖掘机那高举到空中的橙色长臂，不过后来证明这机器没发挥什么作用（也许它起的唯一作用是为不停赶来的围观者提供一个指路明灯）。拍摄者一边拍一边压低声量介绍，他们说的话以及采用的夸张语气几乎一样："快滴昂喏（快点喏），嗯搭都来壳哦喏（你们都来看喏），唐老板个尸要挖去来哦（唐老板的尸要挖出来哦）。"这些视频的碎片，组成一个全方位、多层次的整体，使我对这件就发生在我们家门前的事有了充分的了解。这一天，天气阴沉，根本找不到太阳在哪。建筑物像浸在乳白色湖面的座座岛屿或停泊的船只。不过，近处的能见度又出奇地好。每个出现在镜头里的人都像被特意抠过图，留下发亮的轮廓线。包括长着卷毛的棕色小狗，镜头纤毫可辨地拍下它四条腿先后落向地面那勤勉而欢快的过程。因为寒冷，人们在镜头里咧开嘴，牙齿打战，搓手，或者将手插在袖子里。警戒的警察普遍穿着带毛领的警服。如果有人尝试往前跨上一步，他们就会将早已准备好的话说出来："看什么，有什么好看的？"一名似乎是带队者的警督拿起话筒大声说："肃静，肃静。"他这样喊并无必要，因为人声哪怕是异常嘈杂，也不会影响挖掘那有条不紊的进度。不过警告还是起了作用。在往地底下推进的电镐停止工作时，现场只是传来一些咳嗽声以及像是有很多老鼠在棉花地里穿行的窸窣声。那是人们默默往前挤时羽绒服擦来擦去的声音。围观的人很多踮着脚，也有人踩在砖头或找来的凳子上。人一共围了七层。在人民北路和永修路上，不时还有新听到消息的人骑电瓶车赶来。最里一圈的人获得观察的最佳视角，他们非常珍惜得来不易的机会，像抗洪救险的官兵那样，表情坚毅，组成一道坚不可摧的人墙。有一些卖水果、零食的在附近转悠，有人因此在这里吃上热乎乎的水豆腐。

在三台电镐的击荡之下，一块有我们家客厅那么大的地面——它就像一块打着黑色补丁的鸽灰色地毯——被分化为一颗颗碎片。红色的土基显现出来，四五名工人上前，高举锄头挖掘。锄刃挖进去后，他们借势扒拉一下，以使泥土变得更加松软。一会儿，他们暂时撤下，顶上来四五名持铁锹的工人，后者用脚踩住锹肩，使锹头没入地面，然后把这一铁锹的泥土铲出来，浇向一边。那棵长势喜人的伞状的树，被刨了出来。它被抬上三轮车上时，根部还紧紧抓着大量的泥土。考虑到挖出来的砾石及泥土可能含有证据，警方铺开聚乙烯彩条布将它们盖住。在今冬的第二场雪，像撕碎的纸片从天空晃晃悠悠飘下来时，从现场传来消息。一名哑巴工人把铁锹往地上一插，指着某块地方向警察示意。“啊吧，啊吧。”他这样发音时看不出来有多激动也看不出来有多不激动。警察循着哑子坚定的食指所指的方向看过去，发现泥土里伸出了一根像是胡萝卜的手指。今后的挖掘工作改由法医及其学徒进行。几乎在人群想朝前挤上一步的同时，执勤的警察往外迈出一步，扩大警戒范围。法医对着现场拍照，然后和学徒推测出尸体在泥土中的位置，用石灰标记出。石灰线外的仍用锄头挖掘，石灰线以内的则用小平铲来铲。一会儿，死者的胳膊显现出来。一会儿是鼓隆的肚皮。随着尸体暴露得越来越多，空中开始弥漫一股惊人的臭气。就是一万篮的臭鸡蛋、一万对死鸟、一万担厨余垃圾外加一万缸的粪便，也比不上如今人们正经历的这股像蘑菇云一样向外扩散并且其威力并不随着扩散而减弱的臭气。长着灰羽的麻雀从天空笔直掉下来。一些自豪能挺过严寒的花朵开始发皱，自枝条掉落。人们普遍头晕脑涨，眼睛翻白。有的人还没来得及跑到沟边，就已开始呕吐。有的一边呕吐一边翻滚自个儿，这也是奇观吧。警察都戴上口罩。事后，我的母亲在我的姐姐、妹妹协助下，给家里每个地方打上消毒液，用毛巾擦，用水清洗，复又喷上芳香喷雾。面街的窗帘也全部撤换。过去我母亲总是不舍得扔这个不舍得扔那个，这次都被我姐姐和妹妹随手一扔，就扔了。她没有半点异议。尸体完整显现出来后，法医和学徒用毛刷细心刮走上面的泥土，好像是清理一件工艺品。唉，“那模样实在吓人，说起来也使人不寒而栗”。唐南生的腹部挺得差不多有我们吃饭的桌子那么高。全身漆黑、肥肿，像

“熟得裂开了表皮”的烤红薯。可能是光线的原因，在另外一则视频里，尸体的颜色又和葡萄一样紫。看起来他就像一只酒足饭饱的青蛙，正张开四肢躺在地上晒太阳。有人说他双臂之所以张得这么开，是因为生前双肘被用反关节技术掰断。一名学徒用竹竿挑落缠在他脚踝上的带蕾丝边的丝绸三角内裤，另一名学徒张开塑料袋袋口，让这条沾满泥土的内裤落进去。唐南生的阴囊胀得像只大柚子。那男性标志物被剪掉，如今塞在他的嘴里，鼓鼓囊囊的。就像普鲁斯特形容乔托壁画“七恶质”之“贪欲”（嫉妒）一样：“为了把蛇含进嘴里，她的面部的肌肉全都鼓起来了，就像小孩儿吹气球一样。”唐南生生前曾对一些性服务者说，他平生最大愿望是死，第二大愿望是能亲吻到契弟，如今有人打包满足他了。唐头顶那绺宝贵的头发、一对吊梢眉以及还算浓密的花白胡子全被拔光，饱满的额头上留着边缘整齐的小洞，都可以通过这些小洞猜到砸下去的石头的大小。他的颈部留下多处被撕扯的伤口和斑纹，法医在泥土里找到钢丝钳。应该有人用钢丝钳拧住他颈部的皮肤，旋转几圈，然后扯断。在泥土中还发现大量的发暗的血迹以及一只拉锁式透明塑料袋，袋子里保存着一张材料纸，写着：

有天为证！

神龍見
可、军
口、疋
慢、快
one Dream
Song' song
金中飒
東東東
孙权拜将
己亥年癸酉月癸丑日月圆之夜

这就是那九位自认为是“义士”的人所留的代号。他们既不想直接泄露姓名，又不想让报复变成彻底的匿名行动，从而削弱报复的快感。他们的签名力透纸背，看得出他们对此还是蛮感过瘾的。根据王池深、孟祎等九人供述，他们以自来水公司名义聘请三名异地农民工，对永修路上破裂水管进行更换，然后，又支付人民币九千元整，请三人在唐南生经过时将之击昏。事发时间是二〇一九年九月十三日晚八时许，在唐被击昏后，王池深一方派遣三人接替农民工，在洞穴内对唐进行处理。这样的处理据说包括对着奄奄一息的受害者宣读一份长达六页的判决书。处理完毕后三位农民工返回，对尸体进行掩埋。我们永修路很多人都记得这三位农民工，特别是那年轻的小伙子，从他宽厚的双肩似乎能生出无穷的力量，为人也伶俐，脸上神采奕奕的。相比之下，另两位显得死气沉沉。可是一切记忆止步于此，谁也记不清他们具体长什么样子。在生活中，谁会花心思去记忆一名加油工、一名送水员、一名清洁工的样子呢，我们只要通过他们所穿的制服知道他们是干什么的就行。这使我想起博尔赫斯所热爱的作家G. K. 切斯特顿，他写过一篇名为"隐身人"的小说，说并不是没有人进入发生谋杀的房子，而是进入房子的那个人——邮差——被人们从心理上视而不见。

等到唐尸被挖出来，我的很多街坊都在拍脑袋，说："嘿！我怎么就想不到呢，就埋在我眼皮底下。"他们因此记起两名实习警官来到这里，千百次地问他们："在路面上可曾发现什么异常？"

他们的眼睛千百次地扫向那被填平后又浇过柏油的地方，就是想不到尸体埋在下面。我相信有读者在把这篇小说看到一半时，就知道谜底是什么了。我自豪于自己有不少这样感觉敏锐的读者。不过今天所写的这篇小说，更多的意图是让读者看见生活的某一块，或者某一面。生活滚滚向前，我们在其中浮沉，我扫描出其中一段。大意就是这样。

现在科技太发达，高承勇、劳荣枝以及韩国著名电影《杀人回忆》的凶手原型，均被查出。那三位农民工被捕获应该也是迟早的事。

有一些人为唐南生的死鼓掌、放炮竹，更多的人则是哭泣。有人烧纸钱祭奠他，祭奠时告诉死者，就在二〇一九年十一月下旬，在唐先生您故去两个月之后，有份国家积极应对人口老龄化中长期规划从五个方面部署了应对人口老龄化的具体工作任务。这五条——特别是第三条：打造高质量的养老服务和产品供给体系——仿佛是在重复唐先生您的说法。唐先生您要么用自己超人的智慧预见到一切，要么能力通天，在规划还处于起草阶段就接触到它。真可谓天不假年，天不假年呐。如果不是王池深那几个庸俗之人多事，唐先生您现在都已带领更江南集团上市，这会儿准在纳斯达克敲钟了。呜呼哀哉，呜呼哀哉啊。

为起尸而新挖的大坑，过了很久才填上。仍旧填补上柏油。仅仅为着辟邪，我的母亲用铁丝和篾条，将二楼冰冷的窗台改造为一座小的花圃。一开始她只是去市场买回盆栽，后来试着自己培育、种植一些。从此这里挤满鹅黄色、桃红色、紫色、白色、蓝色像是“打开了它们的钱包”的花朵。很多人路过时驻足，向我亲爱的母亲致敬。街坊们模仿了这种做法。星星之火可以燎原，市区到处出现这样漂亮的窗台。要不是城管及时出面阻止，在窗台种花就会成为我们红乌往下延续一百年、一千年、一万年的美好习俗呢。

* 寓言 *

严酷的事实

赗是太稀国一位有功朝臣的女儿，国王视她为自己的女儿。传说，她的皮肤和新雪一样白，美色比风袭来时在枝头颤动的繁花还要让人惊心动魄。和她无可争辩的美貌齐名的，是她对追求者一概采取的拒绝态度。十年来，那些被传说撩拨的男人，携带象征财富与诚意的金银、宝石、象牙、珍珠、珊瑚、兽皮，驱赶大批奴仆与乐工，从海对岸、山那边以及草原深处来到太稀国，冀望成为这个国家卑微的女婿。当中甚至有几位国王。然而这些男人，对她的芳心，别说是俘获，就是稍微地撬动也没能做到。我们必须提到一只从万里之外搬运过来的有巨人那么高的长颈瓷器，据说烧制时使几名御窑工匠献出生命，瓷瓶上似乎还填抹着牺牲者的血滴。在它因为下人那可以辩解得清楚的过失而碎裂在目的地时，赗连看也没看一眼。

她的傲慢令人倍感耻辱。当追求者垂首低头，高高作揖，报上姓名等候她的接见时，可以说是怀着满心的期望。在和她的目光交接时，他们又惊又喜，仿佛得到难以想象的宠遇。谁能料到，仅仅一瞬间，那目光就变得冰冷起来。那意味着不满、厌恶和驱逐。那先是被审视接着被逼视的人，自信就如同被重重踏过的冰面，出现要命的坼裂。一切是如此令人害怕。他们不敢动弹、吱声，无论是多大年纪的人，都像小孩那样可怜地站在那儿，听候发落，就好像是对她做了多大的坏事一样。啊，他们来的时候有多急切，现在逃走的愿望也就有多急切。一切都太难令人忍受了。他们想，哪怕就是去参加一次注定要死的寡不敌众的战争，哪怕是被人丢进蛇窝，也比待在这里强。

这些有头有脸的人在离开时，赌咒发誓，说出“以后就是你跪着来求我，我也不理你”之类的蠢话，而这不过是招来她更深的讥笑。这些失败者造了很多谣，其中之一是她得了暗疾（比如是石女）。那些在她身上无功而返的媒人往往附和这样的说法：“一个人要不是身子有病，怎么就不敢结婚呀？”这些媒人说通了赑身边所有女眷。甚至连赑的母亲也来给赑讲述婚姻的好处以及它作为“神明的安排”在人类生活中的必要性。“只有在婚姻生活里，一个人使用银制茶壶和錾花的梳妆盒才是安然的。一个人不结婚是不能想象的，比当一名流浪者或者说乞丐还要可疑。”母亲说。有的人认为赑并非无意于婚姻，持续拒绝恰恰说明她是一名老猎手，因为具备耐心而迟迟不肯出手。有的人认为她对男性具有性别上的轻蔑，本能地就厌恶男人。

有的人认为她将身心献给了神灵，在精神世界全心全意地服侍祂。有的人说她习惯了一种从出生就保持的生活习惯，陡然改变令她感到恐惧。有的人说结婚了她就不能像现在这样纵情享乐了。有的人说她就是迷恋四方来朝、万人景仰的感觉，害怕结婚使自己变成仅只是丈夫一人的财物。有人说她缺乏教养，任性无知，而美恰恰又给这种狂态增添了翅翼。种种言论，非止一端。最后连她也不知道自己为什么不喜欢接待男人了。相比于接待谁——她才不管一个人是从多远的地方来，花费多少的精力——她更喜欢和仆从携带蒲团，来到建造于河边的园林游玩。在那里她吟诗作画，跳舞弹琴，间或行令猜谜，饮酒赌博，到了不舍昼夜的地步。

当拄杖的男人出现在太稀国时，谁也不能预料到，他将会是贿的最后一名拜访者。他身高体大，偏却骨瘦如柴，身上也散发出流浪人才有的腐臭气息。在那张疑将坏死的黑而干枯的脸上，有着一双猫一样锐利的眼睛。他长得如此丑陋，处境是如此凄凉，然而不管是谁，都能一眼瞧出他出身与仪态的高贵来。现在已分辨不清，是他的到来导致万物凋零，还是他就赶在这么一个肃杀的季节前来。狂风四处打着旋，人们裹紧衣服在日见短暂的白天疾行，树叶经过最后一阵哗响，纷纷坠落于大地。河水干涸，草叶打蔫，孔雀背上的羽毛成片脱落，乌鸦开始齐聚于寺庙的屋檐下，喧聒不止。人们隔三岔五就穿上黑衣，以悼念那本来以为还能撑上一阵子的亲人。

孤零零的拄杖者走在通往贿的园林的路上。

只有在贿的园林，山野还开着紫色的木槿，流水仍发出潺潺的声响，欢声笑语不绝于耳。没有人为这样一个长相峻刻的男人到来提供预警。他径直走向庭院的中心，一次也没有受到阻拦。也许就像人们说的，是过于庄严的脸相及气质，使他看起来像是贿的父亲的朋友或者贿自己请来的乐师。也许还因为他手头拥有大量的钱币与奖章，足以使阍者谦卑地为他打开大门。——总之，他一直走到她面前才停下脚步。他和她都感到猝不及防。他看见她的美色非但不弱于人们夸张的传说，甚至还远远超出了。她的面容像桃花一样白而红润，睫毛又黑又长，眼睛明亮如星辰。她拥有的不是一点点姿色、两三处的美丽，而是全部的美丽、完美的美丽。他的心像是被强有力的手抓住，骤然痛苦起来，人也禁不住老泪纵横。一把梳子正别在她浓密的头发上。她微微皱着眉，用洁白的手绢擦拭因为试穿并不合脚的鞋而弄伤的脚跟。一点点血染红手绢。她抬头看见这长着一头铁灰头发的男人。来自崇拜者长年累月的骚扰所带给她的不悦，在这一刻积累成满腔怒火。她怎么咬紧牙齿，也挡不住自内心奔涌而出的咆哮："是谁让你来的？死开。"

来者无从解释。和前头所有的来者一样，他顷刻间被这比矛戟还尖的话语伤害，显得手足无措。后来——是的，即使是像他这样稳重的人，也失去对自己行为的控制。他扔掉拐杖，蹿过来，试图抱住这人中的骄子，然而只是抓住她绯红色的袖子。她想甩甩不掉，想扯扯不脱，愤恨之下，抽出手来狠狠打向那男子，却反而被人家将这只手抓住了。下人蜂拥而至，替她解了围。然而因为心情震怒，她的手指还是在这次突然的行动中，撞向廊柱，碰伤了。

拄杖人被释放后，赌的园林也呈现出萧条的面目。那些原本盛开的芙蕖全部枯萎，枝干变成铁锈色，东倒西歪，倒在荷塘内。树木尽秃。原本挤在一起夺食的红鲤鱼，一只只倒浮在浑浊的水面。冰霜终日不化。拄杖的男人向那些他并不知道底细的人辞别，仿佛是自嘲，又仿佛是炫耀，说："每个人——哪怕是最为穷困无聊的乞丐，哪怕是疯子、残疾人——都在回避我。我想他们就是看见死神也不会这么害怕。他们看见我，老早就对我关上门。没一个人喜欢我，更别说是热爱了。我没办法取得一个人的心。是呀，有时候我能轻松使唤一个人，然而却知道，这些被使唤的人中，没有一个是出自忠心。有的人为了避开和我见面，甚至选择自杀。我热爱一切生命，一切生命却不爱我。我占有一切生命，然而这种占有却让我越来越觉得空虚和讽刺。”

赒仍然每天早起，认真地盘束长发，插上金子或玳瑁制的发簪。几乎是如祭祀一般隆重地穿上繁复而奢华的衣装。这些衣装长长地拖曳在地上。有一辆车供她出行，然而和往常一样，她并不使用它。她的生活在一箭之地外的园林里就已经自足。某一天，窗外的花全部重开，她却发现自己的右手——那曾被拄杖人（如今恐怕得说是执杖人）死死抓住的地方——有一截变成棕黄色，极为干瘪，仿佛腌熏过，并且血管暴突，长满老年人才有的黑斑。银色的镜子掉在地上，赒几乎晕厥过去。她定睛重看时，不过是加深对一个事实的认识：有一部分老了。在这一刻，她看见林间的松树、天上的仙鸟、氤氲在屋角的祥云都在远离她、抛弃她。它们丝毫不能理解她此刻的难处。就连卑贱的仆人也如此。她感受到从未有过的孤独。宿命的大网落在她身上。“任谁也逃不过啊。”她哭起来。

以前，没有什么能将她从这种骄傲自负的生活带走。

富贵、权势、幸福的前程不能。

贫穷、灾难、困苦也不能。

没有什么能迫使她让步，使她降低自己、出卖自己。

如今因为执杖者偶然的一握，一切一下子崩塌，变得没有意义了。

赧秘密找人寻来号称还童有术的药膏，只涂抹几天，她就意识到于事无补。宫殿的大门吱吱呀呀地关上，再未开启。她叮嘱下人从最外边关起，一层层地，关到殿角一间最小的屋子。她像只惊鼠坐在那里，看着衰老从那只手出发，沿着上臂、肩膀行走，一部分从脖颈那里向脸庞进发，一部分转头向下，袭向那对傲人的乳房。很快它们就要坍圮了。松弛的肚皮将像堆在地上的帷幔一样让人不忍直视。很快啊，一切都将如数降临。一切是如此快捷。是那执杖者，那年老之神，将我们的赧降低为一名老妪。

完于2018年7月9日

大坝

我是在雨季将至时来到这个以两姓命名的村庄的。我和已经在这里待了一整年的林兄完成交接。我记得在物品移交清单上签完字时，林兄脸上露出欣快的表情。几分钟后，他骑着那辆由外界捐赠的摩托车，一阵烟地消失了。很明显，摩托车是赠给志愿者这个岗位的，而非赠给他个人。按理说，它应该一起移交给我。次日，村里有人将摩托车推回来。它被扔在几公里外的水田旁，是链条脱落了。同时扔下的还有一只较沉的包裹。

村里男女老少加起来有二百六十五人，村庄距离最近的小学有将近三十公里。多年来，都是依靠前来支教的志愿者对这里的孩子进行教育。如果能够摆脱咯血的折磨，本村的民办教师木太枝也会参与到教学中来。场地就在村公所。这里有一半的房屋是土砖垒砌而成的，村公所也是这样。在村公所的屋脊上，架着一只由林兄不远万里背来的铁锚。我估计他的意思是想启发这里的孩子，世界不只有村子这么大，还有远方与大海。

不过，村里人都把它当成一只预示着交配和丰收的铁犁。在村公所前有一块平整的场基，村里的人常过来，从屋里掇出孩子们念书所坐的板凳，坐下来聊天。

有一回，聊天围绕着村里半痴呆人老四（大名叫木俊）正在挖掘的一块石碑进行。老四是在翻地时发现它的。起初他以为是块石头，随着将周围的土挖开，他明白这是一块碑。老四量了它的宽度，有三掌半长。至于长度，因为碑体埋在土里，就不清楚了。这也成了两个接近六十岁的老人木太权和麻政德打赌的内容。木太权兼过大队会计，他认为，一块碑的宽度在三掌半，约合六十四厘米，那么从美观角度考虑，碑长应该有一百六十厘米，差不多是一个成年人的身高。这样是合乎比例的。麻政德是从本地经济水平考虑的，穷山僻壤的，石碑不会造得太大，应该偏正方形，长度不会超过宽度很多。“五掌顶多吧。”麻政德说。

“且让我们拭目以待。”木太权咬着牙齿说。

“拭目以待。”麻政德说。

“可要等老四挖出来，不知道要等到猴年马月。他又不让别人插手。”木太权说。

差不多在我来的时候，太阳失踪了。也许这么说有点绝对。我记得在和乡政府的带路人作别、拐进通往村庄的隐蔽道路时，抬头望了一眼天空。一缕一缕的乌云从纸片般的太阳面前飘过。那一刻我恍如置身月夜。从此我就再也没见到太阳。天气逐渐变得阴沉，日间的能见度越来越低。按照木柳桥的说法，老天的这张脸硬是跟要哭一样。我必须说下这里有一座百里地内罕见的大坝。几乎在进村的那一刻我就注意到了它，也可以说，是没办法不注意到它。我贪婪地看着它，无法想别的事情。直到林兄亲切地迎过来。“可等到你了，这一路上辛苦吧。”他说。林兄不但收拾好了自己的行李，还帮我铺好床，烧好开水，甚至给我备好一支牙刷，在上面挤上了牙膏。大坝建造在两座山之间，也可以说是建造在一座山的两翼之间，或者说是豁口那儿。坝体陡峭，近乎直立，高七十米，由土料和石料抛填、碾压而成，外层是砂壳。坝体上的字已经脱落，只能依据残留的痕迹判断它写了什么。因为距离太近，大半个村庄都处在它的阴影之下。我虽然隐隐感到害怕，还是着魔一般，时常走向它。它的双腿就像插在大地里。我的目光沿着它的身体曲线上行，在每一处微微隆起的地方停留。作为庞然大物，它的存在是如此清晰明白，然而一切又付诸寂静。

在体质和精神都较孱弱的女人那里，我看见大坝所施加的影响。也可以说是压力。这种压力，随着雨季临近变得越来越大。她们心烦意躁，接着长时间面无表情、眼神呆滞。有的猛然在庭院中号哭。有的发出既为宣示惊恐又为提醒别人的喊声。有的好比身陷噩梦，张大嘴巴却喊不出来。有的趺趺撞撞，将左脚向右踏，右脚向左踏，好比是醉酒了。有一件事说出来让人羞惭：一名老妪忽然脱光衣裳，将它们弃在路边，然后张开枯瘦的双臂，一边喊“好吓人啊，吓死人啊”，一边朝山腰的薯洞跑去，并且在那里躲起来。在少数男人那里我也看见这种软弱。他们开口说话时声音是清晰洪亮的，说到一半，声气就变得不像是他的了，很多字也念错了。他越是憋红着脸要把它说清楚，它就变得越含糊不清。村庄的主力，那些大老爷们，变得越来越健谈，仿佛不受此影响。可是我没办法不对这种反常的健谈产生怀疑。正常情况下人是没有这么多话的，对吧？因为天昏地暗，他们离开场基，走进村公所，把孩子们的课桌拼在一起，按照次序坐好，然后一天到黑不知疲倦地交换意见。

村公所里有一张单人沙发，是外界捐赠进来的。有一次被麻远文坐了。木太权自认是本村最为尊贵之人，那天来得有些晚，一看沙发让人占据，抬抬手，说“那你们就自己做主吧”，转身回家了。大家分三次去请，才将他请回来。我现在记得，无论白天还是夜晚，村公所内的蚊虫都特别多，那些参与讨论的人将烟灰弹到地上，不时空出双手，去拍死那些粗大的蚊子。木柳桥还用两只赤足夹死过蚊子。木柳桥是不取悦他人就不安生的人，兼之惧内，在村里没什么人瞧得起。讨论时他只能坐在外围。每当内圈有人去解手，他就迅速补到空位上去，然后在别人回来时又早早让出来。现在想起来，是啊，现在想起来，他们还跟活着一样。现在想起来，他们在漫长的岁月里，成百上千次地讨论过这个问题，并且以实际行动给出了答案。

他们讨论的是迁徙。

麻新文说："出去做什么呢，话都听不懂。"

麻吉文说："在外地还容易沦为三等公民，一切都要重新奋斗。这边的基础，不是一代人，是几代人，十几代人，甚至是几十代人打下的。就这么放弃了，真有点于心不甘啊。"

木智说："在外地还容易受到歧视。这也不能怪人家。人同此心，你想啊，人家要是来我们这边，我们不也得嫌弃人家么。毕竟资源只有那么多。"

上门女婿周拥军说："我听在港口的一个朋友说，他晚上基本不出门，实在出门就带十元保命钱。治安状况很差。"

木强说："吃也吃不惯。外地人据说不吃米，光吃面。面有什么吃头呢。"

麻政芳说："一切事情，都是为本地人准备的啊。外地人连狗都不如。"

木太权说："你怎么看呢，政德？"

麻政德说:"父母亲戚没有着落，自己把户口迁走，是对他们不负责任。"

木太权说:"是啊。迁移过去做什么呢？能做什么呢？"

木柳桥说:"缴几多的税噢。"

事情总是这样：你能找到一百个理由离开，也就能找到一百个理由留下。有时他们会征询我的意见，我觉得还不如说是让我去附议他们的看法。我还没吱声，他们就说:"你看，连小吴老师都这么认为。"然后开会之前大家都有的忧心忡忡不知道怎么消失了，四个一桌四个一桌地凑起来，打双升。体力好的通宵都在打。我并不会这种游戏，硬是让他们教会了。

雨在一个夜晚悄然而至。我从睡梦中醒来，听见绵延不绝的"沙沙"声。天边仍在响起隆隆的雷声。我想到神明在做降雨这件事时，和农人一样沉默、镇定，具有一种不折不扣的认真劲。从窗外飘来凉爽的气息。我因为兴奋而勃起，然后全身心陷入一种盼望已久的平静当中。清晨，雨停了。我在面朝大坝的村口，看见泥地上插满香火。有的燃烧到一半已经熄灭，有的还在冒烟。不止一个女人说她们看见大坝变形了。她们不时比画着，竟使我真的以为坝体撑大了。不过有一点是明显的，就是从坝体上，我看见了蜿蜒的细流。麻政芳的女人说大坝曾对她传音。"传了什么话，我一句也听不懂，但是我清清楚楚地知道他的意思，就是叫我走。一分钟也不能耽误。”她说。木强和儿子一早从地里回来，带回更可怕的发现。他说田鼠领着背上长着稀毛的小老鼠，从鼠洞里一只只爬出来。它们抖落身上的水，悲伤地注视了一会儿那至少藏有五十斤粮食的老窠，然后转头朝村外飞奔。“老鼠的习性我还不知道，这点雨是不会让它们离开家园的，”木强说，“之所以跑掉，就是因为它们知道，大水要来了。”恐慌情绪很快蔓延开来。不到一餐饭时间，人们已整束好行李。有的其实早就整好，现在要做的只是将它挈到独轮车上去。因为把电视机、藤椅、风扇这样的东西也塞进去，行李显得鼓鼓囊囊。通往村外的唯一道路挤满人。那些后知后觉的人拼命朝队伍赶去。一些东西掉落在地，有的人想回去捡，另一个人就会呵斥：“这会儿是要钱呐，还是要命？”又是在这十万火急的逃亡途中，有人抬起头，意识到眼前的场景似曾相识。很快，顿悟像病菌一样在队伍中播散开来。人们放慢脚步，意识到一切不过是在重演：同样的逃亡冬天发生过、开春发生过、夏天发生过、今年发生过、去年发生过、前年也发生过。因为想到这一点，逃亡的严肃性、正当性和必要性顷刻瓦解了。朝前继续走了一会儿，他们在隘口那儿果然看见把守的木太权。他丢下正在砍削的竹子，将砍刀指向他们，说：“又是谁在造谣？木强，是你吗？难道我们一个直立行走的人还要听老鼠的指引？是不是又有人说些传音的鬼话？传了什么音，你倒是用录音机录下来给我听听呢。所有姓木的人听好了，都给我回去，该煮吃的煮吃，该生产的生产。”

“还是那句话，大坝它要是垮了，早就垮了。”在他身边的木柳桥说。

“别的姓回不回去，我不管。但丑话我要说在前头，你们要是走了，留在这里的屋产、畜产、财产可就没有人有义务替你们保管了。”木太权说。

于是人们在一阵火辣辣的愧疚中打道回府。我在空荡荡的村庄里，和病重的木太枝一起迎接这些被轻易说服的人。也就是从这时起，我意识到他们永远不会离开本村。过去，我很难理解那些被丈夫打得要死而又离不开丈夫的女人，或者那些被主人折磨得遍体鳞伤而又离不开主人的狗，她们（它们）的恐惧不可谓不真。用忠诚来解释其中的原因——就像村民自己说的，之所以没有走，是因为对这片土地眷恋得深沉——是不够的，我认为更重要的原因是：对新生活充满恐惧。为此，他们宁愿和谎言结下牢固的盟约。

另外我认为，身处在集体中，也使他们骗起自己来更容易。

他们只要是见面，就互相印证这些看法：

“这么大的大坝怎么会破呢，你说对吧？”

“没有一座水库设计出来是为了溃坝的，对吧？”

“大坝如果连五十年不遇的暴雨都不能抵御，它还叫什么大坝？”

“它要是垮了，早就垮了，不至于等到现在。”

“如果有危险，我们的祖先就应该搬走了。可他们非但不搬走，还生下我们。”

还有人编了顺口溜，比如“桥归桥，路归路，安全还得看水库”“天不怕，地不怕，谁像俺有大水坝”。如果有人反驳或质疑，就会有人怒斥：“溃坝了对你有什么好处？！”

在第二场雨降落前，村里有一支小分队沿山间小路爬上坝顶。他们看见湖水已接近漫溢出来，同时感觉到坝体在轻轻晃动。他们起先认为是长时间的攀爬导致腿脚发软，因此出现地面晃动的错觉。后来他们用白铁皮桶从湖里打了一点水，并将它搁在坝顶。他们看见桶内的水面在有规律地晃动。他们开始回忆。有的人说过去也见过桶里的水晃荡，有的人说并没有。他们带着疑惑回到村庄时，传来老四（木俊）将地中的石碑挖出来的消息。有一半人去看了，几乎毁坏了老四的那块地。人们用瓦片、砌刀刮走碑上的黄泥，又用水冲洗，终于使那碑上镌刻的五百汉字显现出来。这是一块水灾赈务纪念碑，显示在本地曾发生严重的水灾。它是这样说的：“高堤崩溃，洪流势不可量……田禾村庐，尽付东流……人民死者十之八九……前事不忘，后事之师。”我将碑文的意思解释给他们听，导致他们陷入长时间的静默。后来麻政芳甩下手臂，说：“这只能说明过去的大坝不经事。”木柳桥说：“过去怎么能跟现在比呢，过去连水泥都没得。”

雨淅淅沥沥地下起来，原以为这么下几天就停息了，谁料到第四天，天突然变得漆黑，雨势骤然加大。喂牲畜的石槽顷刻间就注满了。村道之上水流成河。山路上落满死禽。后来的统计说，在六小时内，本地降雨量达到七百四十毫米，创造本省纪录。暴雨还在下的时候，聚集在村公所讨论的村民决定跳一场广场舞。于是有人从我床底拉出音箱。那些悬挂着的有些脱落的拉花也重新用透明胶带粘好。人们成双成对跳起来。不会跳的坐在一边，拔下玻璃瓶的翻口塞，倒自酿的谷酒，和人一杯杯地干。碰到有会唱的歌，就有人抓起麦克风唱。这样井然有序地跳了一会儿，音箱忽然问：“Are you ready？”

于是全员一起喊：“Yeah！”

他们半睁着眼睛，摇头晃脑，挥舞双臂，像水草一样摆动起来。只要是音箱里传出“跟着我的节奏”的喊麦，他们就一齐答应：“一起嗨个够。”就在这时候，桌子出现震动，杯中的酒水随即溢出来，房梁上的烟炱纷纷朝下掉，玻璃窗也格格作响。电灯闪了几次，差点熄灭了。隆隆的声响从大坝那里传来。有的人急速钻到床底下。有的人扑在地上，用右手拍打地面。有的人像踩到毒蛇，站在原地不敢移动半步。更多的人捂着脸哭起来。木太权抓起麦克风说："我再强调一次，我们这里过去没发生水灾，现在也不会发生，将来更不会。"我注意到他嘴角上浸出一层油亮的汗珠。他多年的敌人也是战友麻政德接过麦克风，拍打了几下网头，用掏心掏肺的口吻说："大不了就死呗。人生自古谁无死。不是这样死，就是那样死。不是今昼死，就是明昼死。能这样死，不失为壮烈。"

地面上流淌的水已经深达尺余，人们在慌乱中跑回自己家。只有我和我在这里发展的信徒木太枝，手挽着手，带着完全的幸福，走向大坝。我怕木老师心中还有疑虑，转过头去看他，发现他脸上流满泪水。湖水一次比一次多地从坝顶漕出来。我对木太枝说："我们降生是对神的亵渎，唯有死亡能清除我们的罪过。"大坝越来越近。我看见它正用尽全部精力，背负起身后上亿立方米的湖水。隆隆的声响越来越剧烈，似乎是它的骨头在被压断。最终传来一声巨响，我敢说当时我的耳朵都被震聋了。大坝粉身碎骨，盼望已久的洪水夺路而出。我甩开木太枝，挥舞着双手，踉跄着朝它迎去。很快我就被撞飞了。在浮起来的瞬间，我看见树和电线杆连根拔起，房屋一间间倒塌，村公所的屋顶被卷走，架在上边的铁锚露出来，好像是鲨鱼的背鳍在划开水面。而麻政德和木太权扶着一只汽车里胎随着起伏的波涛漂荡，他们闭着眼大喊。我听不清喊什么，我猜是喊“姆妈”。瞬息之间我看到这些，然后又被打进浪里头。我是多么想死啊，最后却成了这场水灾里唯一活下来的人。

我是在很远的下游被救上来的。他们说我最后挣扎的样子像一个瘸子在射精。在我赤裸的身体上沾着湿漉漉的麦秆。尸体被冲得到处都是。只要是在哪里看见有一群密密麻麻的苍蝇在飞舞，就准能在下方找到一具尸体。洪灾撤退后，在这个两姓村庄的上空，飘荡着一层奶白色的雾气。

完于2019年5月12日

想学魔法的孩子

浩宇不爱听父母的话。因为不爱听父母的话，他离开家，去乡下找魔法师牛喜学艺。传说牛喜拥有的魔法技能多到用不完。最重要的有五项：一是只要是将手压在作业本上，作业就自动写完了，一道题也不会错；二是用同样的手压在废纸上，废纸就变成了成沓成沓的钱，一生一世用不完；三是没有七龙珠时，可以用阿拉丁神灯将七龙珠召唤出来；同样地，没有阿拉丁神灯时，可以用七龙珠将阿拉丁神灯召唤出来；四是能变成蜘蛛侠，想飞就飞；五是能隐形。浩宇来到牛喜的宅院，看见院内晾晒着牛喜夫妇及孩子的衣服。牛喜正背着双手，张开嘴巴，露出牙齿，让一支在空中飞舞的牙刷来来回回地刷牙。他那嫉妒成性的老婆在一旁看着。浩宇说明来意，牛喜从上到下打量了一番浩宇，说："嗐，来找我学艺的可多了。"他过来掐浩宇的脸蛋，翻浩宇的眼皮看，并且将双手插向浩宇的胳肢窝，将浩宇向上托举。

牛喜问："多少斤？"

浩宇拍着大大的肚子说："七十六斤，可能现在已经有七十八斤了。"

牛喜眼睛骨碌碌转动了片刻，似乎是在算计什么。然后他用右手握住浩宇的肩头，说："我凭什么收你为徒？我为什么收你为徒？你有什么资格成为我的徒弟？"可想而知我们的小主人公有多窘迫了。浩宇站在那里，走也不是，不走也不是。这可是他没有想到的结果。牛喜背着猎枪要出门时，发现浩宇还傻傻地站在门口，不知为何起了怜悯之心，从怀中掏出一颗用油纸包好的盐巴，递给浩宇，说："这样吧，你帮我将这颗盐巴送给一个四眼人。送到了呢，我或许可以收你为徒；送不到呢，永远不要来见我。"说完他拨开浩宇，对狗舍里的猎犬打了一声呼哨，朝山上走了。

浩宇对着他的背影说："请问谁是四眼人呢？"

牛喜向后挥挥手，说："你问我，我问谁呢？"

浩宇知道这世界上有没有眼睛的盲人和只有一只眼睛的"独眼龙"，一般人是两只眼睛，神话里的二郎神是三只眼，就是没听说四眼人。现在叫他到哪里去找四眼人。他在路上漫无目的地走了一会儿，终于壮起胆子去问人。这可是他人生第一次请教别人。有的人理都没理他，不过更多的人还是停下脚步，想了一会儿。他们表示自己也不知道谁是四眼人。直到有一个人指着集市，说："你去那看看，那里有一位补鞋师傅。"于是我们的浩宇赶到那儿。在喧闹的集市边上，果然有一位老人在聚精会神地补皮鞋。他一边摇动补鞋机一边说："现在人把鞋穿了几天就扔了，去买新的。谁还来补鞋？我原以为乡下人要节约一些，结果发现乡下人和城里人一样。"老人长着满头银发，戴着老花镜。镜腿可能是坏了，因此眼镜是用绳子系在头上的。浩宇想戴眼镜的人可能是四眼人吧。浩宇将盐巴递过去，说："老爷爷，魔法师牛喜托我给您带一颗盐巴。"

老鞋匠几乎在听见的同时，就站起来，一瘸一拐地，向后退了好几步，就好像沾上了最为不祥的东西。鞋匠说话时嘴唇都是哆嗦的。他说："你走，我不需要这东西，请你快走。还有，拜托你千万不要说自己来过这里。"

浩宇很是郁闷。他在附近晃荡着，什么办法也没有。让人奇怪的是，还没到中午，集市上的商贩就收好摊，急急忙忙地朝里脊村跑去，说是在外面看病的孙桂回来了。一时间，道路上尘烟滚滚。浩宇一边追赶他们，一边问："孙桂有什么好看的？"

其中一个人回答说："有什么好看的？我跟你说啊，孙桂长着一双对子眼。对子眼是什么你知道吗？"

浩宇说："不知道。"

那人说："对子眼就是双瞳，一个眼睛里长出两个瞳孔。"

浩宇说："那她算不算四眼人呢？"

那人说："应该算吧。"

浩宇跑得更起劲了。在路上他还听说，这个孙桂只有七八岁，一出生父母就发现她是双瞳，一直不让人看。她自己也总是躲在家里，只在晚上偶尔出来透透气。人们到现在还不知道她的双瞳是并排在一起的，还是一个套另一个，重叠存在的。只听说她的眼睛睁开时几乎看不见眼白。就这样，上百人的队伍跑到孙桂家门前。只见孙桂的父亲手握一把钢叉，以跨立的姿势站在门前，说："你们下作不下作？这些年了，你们一直追着我的女儿看。有什么好看的？今天我把话放在这儿，你们谁要是想看，除非是从我的尸体上踏过去。"大家感觉羞惭，不过想到他们是一起来的，就没有退缩。这时从屋内传来孙桂越来越大的喊声。唉，一个人就是让开水烫了，就是让医生用铅笔那么粗的针头戳进屁股，也发不出这样恐怖的喊声。孙桂的父亲红着眼睛说："你们家就没有孩子吗？你们忍心让自己的孩子这样让人看吗？"人们这才三三两两退了。场基上只剩下几个和浩宇一样受牛喜所托的小孩。他们试图说明自己来这儿的目的只是送上一颗盐巴，可是孙桂的父亲听不进去。孙桂的父亲挥舞着钢叉，对着他们怒吼："你们这些小孩，学什么不好，就知道跟人不学好。"

在离开里脊村的路上，浩宇知道他们分别叫都兰、星桦、圣明。和浩宇一样，他们也长得胖乎乎。特别是都兰，胖得眼睛都睁不开了。他们都想找魔法师牛喜学艺。他们感觉谁最先将盐巴送到四眼人那儿，谁就会成为牛喜的弟子，同时也意味着别人失去这个机会。他们可不想成为那个失去机会的人。因此他们约定“共进退”，也就是说一起去找四眼人，找到了一起送上盐巴，然后一起回去向牛喜报告。都兰揪下一根柳枝，挥舞着说：“谁要是脱离队伍单干，谁就是孙子。”他们就这样一路走啊，路过田野、电线杆、农民、山丘、桥梁、溪水以及在溪水边洗脚的孕妇，朝集市进发。那位孕妇披头散发，正用赤脚拍打水面。她的眼圈黑黑的。她歪着头，痴痴地看着这一行四个小孩，嘴角流出细长、发亮的口水。这时日头还很猛烈，小孩们汗如雨注。他们一个个越走越快，想早点到集市上找到遮阴处乘凉。只有浩宇越走越慢。他捂着肚子呻吟。

都兰说：“能不能快点啊？”

浩宇说：“不行了，看起来要拉肚子。要不你们先走，待会儿我们在集市上碰。”

为了使他们相信自己是要拉肚子，浩宇还向他们讨要手纸。都兰一边埋怨“懒子屎尿多”，一边从裤兜里抽出几张餐巾纸塞给浩宇。然后他们抹着额头上的汗先走了。等他们走远了，浩宇就朝回跑，一直跑到溪水旁。他发现那位孕妇还在。她正艰难地起身，扶着肚子，朝住的方向走。其实在刚才经过她时，浩宇就想到四眼人可能是她。为什么呢？因为她长着两只眼睛，她肚子里的孩子也长着两只眼睛，2+2不就等于4吗？浩宇记得自己想到这一点时，全身涌起一股热流，像过电一样，禁不住用右拳击打了一下左掌心。

孕妇听见有人跑来，转过身来，发现浩宇，从她嘴角又流下口水来。

孕妇说："是不是牛喜大师派你来的啊？"

浩宇说："是！是！"

孕妇说："算你聪明。托你带来的东西呢？"

浩宇掏出那颗盐巴。孕妇捏在手上看了一下，说："就这么点？"

浩宇说："对啊，就这么点。"

孕妇说："你敢保证他就给了你这么点？"

浩宇说："我敢保证。"

孕妇说："牛喜那个坏蛋，这么小气。"

然后她扶着浩宇的肩膀，一路骂骂咧咧地走回到住地。那是一幢低矮的小屋。屋里砌造有一座差不多有卧房那么大的土灶，灶上安着一口巨大的铁锅，锅的直径有两个浩宇的身高那么长。孕妇说："帮我去挑一些水来。"于是浩宇担着水桶出门，从溪流那里挑水回来，将水倒在铁锅里。水倒满三分之二时，孕妇说："可以了，再帮我把水烧热。"于是浩宇从柴垛那里抱来柴火，用一只膝盖顶着，将它们一一掰断，塞进炉眼里。用火点着后，浩宇又用吹火筒吹，将火焰越吹越大。等到浓烟从屋顶的烟囱飘出，弥漫到半个天空时，锅里的水也就差不多烧开了。这时，孕妇说："好孩子，你过来。"浩宇走过去。她突然凶相毕露，一巴掌狠狠打向浩宇。这一巴掌将浩宇的一边耳朵打聋了，人也被打昏过去。孕妇看见浩宇昏过去，就揭开锅盖，费力地将浩宇的身体抱到炉灶牙子上，再将他推到锅里去。水已经沸腾了，水面上到处冒着水泡。浩宇掉进去时，身体猛地弹跳起来。孕妇操起锅盖照着他盖下去。浩宇挣扎得很厉害，锅盖几次都被顶翻了，溅出来的水将孕妇的手腕烫出好几个燎泡。但她还是用尽力气把他盖进锅里，直到他再也没有动弹。后来她又去添火。这样煮了两小时，孕妇估计把浩宇煮熟了，就揭开锅，用长长的筷子去插浩宇的肉。肉轻松地从骨头上分开，看来是煮烂了。这时，她将那颗盐巴丢进锅里。她一直在埋怨："牛喜这个没良心的，这么大一孩子，就给我这么点盐，怎么够用。"

故事结束了，浩宇拜师未成，反倒成了别人的美餐。这个故事告诉我们：一个孩子不爱听父母的话，就会面临很大的危险，甚至可能丢掉生命。

完于2019年5月29日

追赶一只兔子

早先，在下沉村住着一户五口之家，包括父亲、母亲、姐姐、哥哥以及庚福自己。庚福就是我们今天要讲的故事主人公，当时只有十岁。因为力气小，担不起水，抓不住鸡，人们叫他“脓包甑”。下沉村人民的精神生活和他们所耕种的田地一样贫瘠，笑话庚福是他们日常的乐事之一。他们回忆着，在庚福刚长了点个子时，他的父母带他下地，并且交给他一把小锄头。村里谁家的孩子不是这么早就下地呢。庚福在他第一次挥起锄头时，就因为锄刃磕到石块让一侧肩关节脱了位。“回起，快些回起。”村民只要见到庚福，就模仿起他父亲当初失望之极时所说的话。有一次，在别人的诱使下，庚福和同龄女孩掰起手腕，结果三盘皆输。现在，只要提到“那个庚福”，众人一定会哈哈大笑。庚福除开涨红脸，什么也做不了。——可是庚福的哥哥姐姐从来不会瞧不起庚福。他们总是不让他干活儿，吃的东西也尽量让给他。有时他们这样做，反而加深了村民对庚福的嘲笑。

故事讲到的神奇的这一天下午，无所事事甚至可说是闲极无聊的庚福坐在墙根，被一阵轻微的响动惊扰。他转头去看。一只有点瘦的兔子停在眼前，似乎在犯愁是要打庚福跟前跳过去，还是回头跑掉。庚福对它兴致不大。挥手让它走它不走后，捡起石子扔过去，它才从原路跑了。庚福打起盹来。没多久，他就被一阵比刚才要大的声响吵醒。是那只灰色的兔子。它在他面前刨土。庚福作势起来，它就跑了。庚福再度睡过去，然后同样的事情又发生一遍。那只不知道年龄的兔子甚至发出猖狂的叫声。因此我们可以说，并不是十岁的庚福想着要去追什么兔子，而是那只深不可测的兔子在引诱他去追它。“连只兔子都晓得来欺负我了。”庚福觉得它的行为代表针对自己的羞辱已到达顶点。

是兔子轻蔑的态度激发了庚福的斗志，使他欲罢不能。它总是在跑得无影无踪令庚福丧气时，突然蹿出来，停在一个让庚福觉得触手可及的地方，等待庚福的捕捉。在兔头两侧各长着一只像筷子那么长的耳朵，这足以使兔子听见最细微的声音。它在前边奔跑时，不用回头，就知道庚福追到哪了。庚福脚步慢下来，它也慢下来。庚福快起来，它也快起来。庚福拿它一点办法也没有。庚福一路追赶，汗流浃背，气喘吁吁，因为摔倒，膝盖也破了，流出殷红的血。一些人问：“红松家的庚福，你这是在做么事呀?”

“追赶一只兔子。”庚福回答。

人们重复他可笑的话——“追赶一只兔子”——捧着肚子笑起来。他们举起一根指头庄重地说:“你要是捉得到这只兔子,我跟你姓。”庚福因此更不敢放弃了。说什么都要把兔子抓住,给他们瞧瞧。于是庚福沿着河堤,一路往东,追到了第一个村庄。在那里他看见二表姐夫、二表姐(也就是姑妈家的第二个女儿啦)正对着磨刀石磨东西。他们将杀猪所需的一应工具——比如斩肉斧、剔骨刀、放血刀、刮毛刀、吊肉钩——一件件磨得明光锃亮。在这样一个并非过年过节的日子看见庚福,二表姐夫和二表姐十分吃惊,甚至有些慌乱。不过他们很快就绽开了笑容。他们取来药水,给庚福受伤的膝盖消毒。“今昼一堆事啊,要不是手头有这么多事,我一定跟着你去追。你知道我打猎很有一手,威风不减当年。”二表姐夫说。他和二表姐将庚福送到门外,说:“要是抓到兔子,就回来告诉一声。”然后他们撂下庚福,自顾自地忙去了。

随后一段的追赶发生在松软的泥田里。庚福的脚踩下去后会带上来沉重的泥块,而兔子在上边跳跃,简直像飞。这种情况直到庚福学会在垄埂上奔跑才得到缓解。这样一路向东,庚福来到第二个村庄。姑妈在屋门前将调和好的黄泥铲进铁皮桶里，然后担进厨房。那里姑父正在搭建新灶。每个新灶上都要安一只新锅。原有一处老灶，上午已经搭好两处，下午也搭好一处，看起来只要再努把力，眼前的这个灶在今天也能搭好。那四个可用的灶，灶膛内都已经烧起火，好将锅中沉静的水烧开。直到庚福跑进厨房，揭开盖，用铁瓢从水缸内舀出一瓢清澈甘甜的泉水，咕咚咕咚地喝起来，他们才意识到自己的这个侄子来了。他们对他的降临深感吃惊，不过很快就热忱地挽留他，要他在这吃晚饭。“不啦不啦。”庚福推辞道。庚福记得自己走时，姑妈抓着自己的衣袖不放，很用力，就像这块衣袖是她的一样。不过这阻挡不了庚福辞别的决心。“我要不是还有点事，一定留你在这里过夜，说什么也留住。”姑妈说。庚福脑海里想到的却是下沉村的说法，说姑妈嫁鸡随鸡、嫁狗随狗，心已经不在下沉娘家了。

也许是因为喝了水，庚福才没有在这场追赶中落下来，反倒是兔子慢慢表现出疲态来。这样就到了山脚下的第三个村庄。大表姐（也就是姑妈的大女儿啦）正对着屋前的牲口棚抛撒饲料。她抛撒完一簸箕又回去抱来一簸箕。早就听说大表姐夫文金火会一点魔法。他走出门来，并拢一只手的两指，蘸上水，挨个抹上那些牲畜——有黄牛、水牛、黑羊、白羊、驴、骡子、黑马、猪、狗和鹅——的额头。奇怪的是，之前狂躁不安的牲口，经此一抹，个个变得安静起来。它们抬起头，巴望着文金火，听他用低沉含糊的语言训话。和二表姐夫、二表姐、姑父、姑妈一样，大表姐夫、大表姐对庚福的出现深感惊愕。不过他们想了一下，觉得这也没什么。他们热忱地挽留庚福，要他在这歇息一夜，第二天吃过早饭再回去。庚福觉得兔子就要抓到了，没有同意。庚福记得自己离开时，牲口们都爬上围栏，对他吐出舌苔、卷起舌尖。大表姐一边抹干他汗湿的背，给他换上干燥的衣裳，一边抚摸他的头，像是旁边有人一样地感慨："你说就这么一眨眼的工夫，庚福长这么大了。"

大表姐夫说的是："我就不陪你去抓兔子了，祝你成功。"

往山上跑是兔子的强项，因为它的前腿短，故而上山如履平地，可同样因为前腿短，它下山起来就遭殃了。上山的时候庚福蹬掉一只鞋，下山时他看见兔子不停地翻滚。兔子的狼狈即使到了平地也没有缓解。它大概是彻底透支了，有几次回头哀望着庚福。庚福加紧步伐。于是这场追赶也就有了结尾：兔子撞到树上，将自己撞晕了。到这时，庚福才知道，原来人的耐力是超过兔子的。只要努力不懈地跑，一直追，它一定会缴械投降。这个道理大人们未必知道。庚福抓起兔子长长的双耳，忍着脚疼，带着欣喜往回赶。他仿佛看见一路上的人以及下沉村村民都吃惊地看他，向他竖起大拇指。他们赞扬他所干的事情就是大人也没一个干得出来。庚福提前沉浸在这种荣耀中。可是，黝黑的暮色恰好在这时降临了。太可惜了。黑夜里，谁会看见一个小孩子手里拎着他的战利品啊。别说一只兔子，就是十只兔子人们也看不见啊。想到这，庚福十分懊丧，腿脚也沉重起来。就这样他来到第三个村庄。大表姐夫将牲口驱赶出来，在马路上排成一队，由大表姐看着。他自己返回屋内，口中念念有词。随后，手朝空中一指，仿佛在下达什么指令。咿呀，只见屋内的锄头、钉耙、尿桶、桌椅、铁犁、连枷、石磨、谷斗、风车，都摇摇晃晃地走起来，跟着他一起来到屋外。他们并不知道庚福已悄然返回。

大表姐说："你觉得这件事庚福晓得不？"

大表姐夫文金火说："不晓得。"

大表姐说："不晓得怎么跑到我们这儿来？"

大表姐夫文金火说："你没听他说是出来追兔子吗？"

大表姐说："傻子才空着手出来追一只兔子，跟着跑，跟着跑。"

大表姐夫文金火说："他本来就是个傻子，人们不是叫他'脓包瓿'吗？"

大表姐说："'脓包瓿'是说他没力气。"

大表姐夫文金火说："没力气也就是傻。"

他们争执了一会儿。大表姐夫文金火说："要是知道了也没办法。事情已经这样，后悔也没用啦。日子都是看好了的，不能改换。再说，古人云，机不可失时不再来。”

他们的对话可把庚福吓坏了。于是庚福绕到远处河岸，从那往家的方向跑。他听见近视眼的大表姐夫说：“咦，河边那跑的是什么东西？是我们家的狗吗？”于是他跑得更快了。就这样庚福来到第二个村庄。姑妈家的厨房像着了火一样明亮。姑父杨文广劈好木柴，将它们丢进灶膛。仿佛觉得火烧得还不够大，姑父杨文广还拿起吹火筒，鼓起腮帮，对着灶膛猛吹。一会儿又抓起大蒲扇对着灶膛扇。姑妈则时不时地往烧开的锅里加水。“烧开些，再烧开些，烧得开开些，好让剁下来的小莹的头煮得烂烂的。”姑妈说。

“对，煮得烂烂的。”姑父杨文广说。

“你吃不吃？”姑妈说。

“我吃么事，我不吃，喂给猪吃。”姑父杨文广说。

“煮得烂烂的，把她的头发煮落，每块肉都煮软煮松，骨头一掰就掰下来，”姑妈说，“谁叫她心这么狠呢。我硬是没想到，他们心这么狠啊。说起来我和我弟红松都是一个爹娘生的啊。”

姑妈一边说一边掉眼泪。在屋外听得真切的庚福吓得魂飞魄散，血液也为之凝固。小莹可是他亲姐啊。他在逃跑时听见姑妈又说：“五口灶，五口锅，一人一个，把他们五个全煮了，一个都不能少。”庚福跑呀跑，不久就跑到第一个村庄。二表姐夫张吉松正将头从窗户里探出去，焦虑地察看天色。“叫我们在这里等，说是戌时出发，戌时早就到了，怎么还不来？”他说完，找来拖猪钩，对着一块小磨刀石磨起来。拖猪钩就是在猪不听话时用来对付猪的，只要将钩子挖进猪的脖子，将猪拖到屠宰场就容易啦。二表姐则用菜刀刮磨刀棒，使之发出咣咣的声响。“是呀，说是让我们戌时一起攻到母舅家，都这时候了，还不来。都是姓坏了杨，姓杨的做事没有不延迟的。”她说。

“我只是个屠宰户。你让我碎尸可以，让我杀人，我还没杀过。”二表姐夫张吉松说。

“今天你杀也得杀，不杀也得杀，别在这事情上落了后。”二表姐说。

可以想象，我们的主人公庚福吓成什么样子了。他几乎是凭着记忆、凭着本能、凭着思想——而不是眼睛——往家里狂奔。他这样奔跑着，沾了一身毛茸茸的苍耳，脚管也被刺条的锯齿割得伤痕累累。可是他什么也不顾。有阵子他觉得手里空空的，有什么不对劲。原来是兔子被扔了。也不知道它是死是活，是晕着还是活蹦乱跳。不过，这些都不重要——他吸了一口气——重要的是他家就要被人攻打上来予以灭门了，而他家里的人，姐姐、哥哥、父亲、母亲，到了这时候，都沉沉地睡着了。他不知道他一家因为什么得罪了姑妈，并且得罪得这么深。他只觉得可怕。在距家门口还有一里多路时他就扯开嗓子喊："快跑啊，姐姐；快跑啊，哥哥；快跑啊，爸爸妈妈。"而这时，在他身后，已经传来战队试图压制却怎么也压制不住的行军声。那些牲畜、家具和人口像打了鸡血一样兴奋，正在元帅杨文广的统领下朝下沉村杀来。

完于2018年7月2日

* 故事新编 *

愤　怒

原著：荷马

翻译：傅东华

说明：这是对伟大的《伊利亚特》第一章的改写，人物和场景发生了变化，但是精神、行为和对白却接近一致。改写后，仍保留不少原著的段落与词句。

蔡晓玉的愤怒是我的主题。那与事主年龄不相匹配、细想又理所当然的愤怒惊动了公安局长吉仁泰，带给二中人许多苦难，使他们中的很多人被送到看守所、拘留所和平时只在电影中出现的少管所，过上担粪修路的生活。诸位，就让我们从二中那些流氓的头儿毛坚和东街老四英俊的儿子蔡晓玉之间的决裂讲起吧。是哪一位使得他们争吵的呢？

是猫，吉仁泰和前妻的儿子。当时因为毛坚对猫踢球的队友矮子无礼，猫开来消防车，对着毛坚的人马射出足有象腿那么粗的水柱，要“一个个地射死他们”。在此之前，矮子曾来到建设路与求知路的交会口，也就是二中那些流氓安营扎寨的地方，请求他们释放自己被俘的女儿。矮子带来几乎是他一年开厂的收入，用从猫开的宾馆那借来的车拖来一车的方便面与纯净水。下车后，他两手抱拳，高擎着，一路见人就作揖。他向二中这些流氓求告，尤其是向他们的司令员，毛坚、毛刚兄弟俩：

“哎呀，一个个，一位位，长得是这么的帅。啊，一个个，是英武神勇，玉树临风，豪侠不羁，出类超群。正所谓数风流人物环（还，后文同）看今招（朝，后文同），环看今招。啊，这位一定是毛家思本的公子。没想到，也就是几年不见，出落得这样一表人才。如果我没记错的话，是叫毛坚呵。我呢，现在只有这么一个请求，就是你们干干脆脆地收下这点小钱，释放我女儿，以表示对我矮子的爱护，顺带呢，也算是对我的兄弟——猫儿他老人家——表示一点点尊敬。”

这些学生哪里见过这么多人民币，禁不住欢呼起来。他们看着统帅，冀望他把这笔钱收下来，然后按人头分掉。可是那皮肤比女人还光亮的毛坚丝毫不为之动心。他走过来，揪住这全县最好说话、最舍不得冒犯谁的街上人的耳朵，轻声而严厉地说：

“你这老贼，从现在起，别在这附近出现，懂不？我要是在这附近找到你，一定用鞭子抽断你一身的贱骨。还有，你别开什么猫的车来吓唬我，能开猫的车就了不起吗？我不会同意放你女儿回去的。我正要把她带回去，住到我屋里，给我铺床，陪我困醒。我跟你说，这是你的荣幸。现在，你还想要自己那条狗命的话，就给我滚。”

四十多岁的矮子吓得脸色惨白，只得服从。他不停招手，倒倒倒，让货车小心翼翼倒出来，不曾触及营帐的任何物品，才拉开车门爬进去。货车拐出建设路后，他让司机改道，悄然将他拉到单眼皮的吉仁泰之子猫午休的地方。“哥呀，哥呀，哥呀，我全县最帅、最讲一个义字、最尊老护幼、最怜惜我这把老骨头的哥，念在一连八年我都给球队赞助服装——如果这算是功劳的话就算是我为球队立了尺寸之功吧——的分上，念在我——虽然总是拖你后腿给你丢人——还是猫哥你的兄弟的面子上，请你——对你来说这还不是举手之劳，费不了吹灰之力的——把二中的那帮孙子好好教训一顿，让他们一生都记得，自己对矮子都做过什么。我清清楚楚记得，我以人格发誓，毛坚那乳臭未干的东西说：‘别说是开猫的车来，就是猫自己开车来，也没得用。’”矮子跪在地上，边哭边说。一会儿地面上就有了一坨阴影般的泪渍。

猫，原名叫吉鹏翔的公子哥，闻言大怒，去铸造厂要了钥匙，开走那比对子还要红的消防车，来到建设路。呜呜欢叫的警报声响彻半个县城，引来好些人跟着看热闹。猫取下水枪，先射路边的草和小树，说“我浇花浇草管你们什么事啦”，然后就将那奔涌的水柱瞄准人，一个又一个地扫。车厢的水使尽后，他叫来几名学生，要他们将水带接上路边的消火栓。事毕，又叫他们回去站好，不准动，好让他持水枪对准他们的脚跟继续扫射。“哈哈哈，射呀，哒哒哒，请问你们这样被射，是怎样一种感觉？”猫紧抓着如蟒蛇狂舞的水枪，喊道。

“过瘾啊，还没这么过瘾过，过瘾死了，猫哥。”被淋得透湿的孩子们说。

“好，过瘾我就继续射。一个个地射，我射死你们。”

一连射扫两小时，直到没什么水了，猫才弃水枪而去。约三刻钟后，来了一位着迷彩服的异乡人，他用普通话说：“猫哥说，让我回去装满水，明天再来。”然后悄悄开走消防车。求知路是一道缓坡，路面不知流淌了多少水。到这时，开店的人才出来，扫掉门前的水。二中的子弟也脱下衣服，两两成对，拧起水来。东街老四英俊的儿子蔡晓玉前来接班，他拉动绳索，敲响召集十二营统帅开会的钟。蔡晓玉这样做，也是受到吉仁泰年少的妻子何娜鼓励。作为从二中辍学的校友，何娜对二中现在这帮小孩的遭遇还是很关心。有着一把硬骨头的蔡晓玉站起来说：

“毛坚呐，像这样一面备战一面被街上人用水浇，我恐怕我们的人马过不多时就要大大地减少。就是我们的人自己不回去，他们的父母也会把他们拉回去。我们不能坐在这里等猫开车再来浇我们，我们何不找个会来事的人，去打听打听猫哥——我记得我们跟他没有什么仇——为什么对我们这样恼火？莫不是我们做错了什么，得罪了他老人家。要是这样，我建议去向他解释清楚，该置办东西的就置办东西，免得我们还没打到一中，就先被他给灭了。”

蔡晓玉坐下去，“眼和耳是一般人两倍大”的小灵通就站起来。从小学开始，各级班主任就夸他拥有极强的信息采集力和分析力。很多大人后知后觉的事，他往往有先见之明。他和街上人混得很熟，但是对二中（当然这里的二中不是指周火权校长的二中，而是指以毛坚为总帅的十二营大军的二中）却忠心耿耿。现在他就是凭着一片忠心站起来说话。

“我知道这事，”他说道，“不过你要我说，我还得掂量掂量。蔡晓玉我嫡亲的哥呀，我要是真说了，你肯不肯发誓，用你全部的力气来保护我呢？我怕我得罪不起这个人啊。这个人的权力在我们中间最大，他说什么对我们二中人来说都是法律。像我这样一个平常人，是好难和这样一个厉害角儿为敌的。所以，请考虑清楚。”

“你的意思是我不能保障你的安全？”蔡晓玉说。

“绝非。”

“那你还犹豫什么？”

“并非不能。而是敢不敢的问题。我要是说了，你敢不敢从前到后地保障我的安全？”

“有什么不敢？怕个卵，”心急的蔡晓玉道，“把你从街上得来的消息痛痛快快地告诉我们。我凭我还健全的四肢起誓，所有这十二营的二中人没有一个敢来伤害你，哪怕你刚才说的就是我们的元帅毛坚。我要是不能保障你的安全，就让所有人打断我手脚。”

小灵通长出一口气。他说："那我就说了啊。据我了解到，猫儿之所以发火，是因为毛坚侮辱了他同庚矮子，不肯收矮子的赎金，放他的女儿。这就是我们现在在这里受苦并且还要继续受苦的原因。猫儿的脾气大家都知道，不可能就这样算了的。除非我们不要赎款，把那妹子还给她爹，并且照样开一辆车装满纯净水和方便面，送到猫那儿去，好好犒劳他的手下。这样做了，猫儿也许会放过我们。”

小灵通坐下，那过去威震全县的流氓头子毛思本的儿子，现在二中十二营的大元帅毛坚，就气冲冲地跳起来。他心里沸腾着愤怒，眼睛像是射出火焰来。他赶过来对着小灵通一通乱踢。“我戳你妈，踩死你还不像踩死一只蚊子？”他说。小灵通随即躲到蔡晓玉张开的双臂之后。

“你妈的贱瘪，”毛坚继续指着小灵通骂，“这些年来，我就没听说你说过一句街上的不好，也没听说过你说过一句我们的好。今天我就当大家的面问你，你到底是街上谁的人，还是我毛坚、二中、十二营的人。我跟你说，这个问题不回答清楚，你就是内奸加叛徒。你今天对着这些善良的兄弟信口胡说，说什么猫儿拿水浇他们，为的是我拒绝矮子女儿的赎款。我，为什么要拒绝呢，因为呀，我想要留住她，并且带她回去。说老实话，我对她比对我马子还要喜欢。她的脸蛋不差过我马子，心眼比我马子还灵活。不过，如果这样做算是比较英明的话，我还是愿意放弃她。我毛坚巴不得大家平安又健康。我岂有让大家天天淋水之理。我不愿看见大家这样受苦，一想到这里，我就止不住流眼泪。可是你必须立刻让我得到另外一件战利品，否则我们当中就只我一个人两手空空，这说不过去。”

十二营的统帅及军师面面相看，不知毛坚话中的这个“你”所指何人。一会儿是蔡晓玉站起来。“请问总帅大人，”他问道，“打算叫我们的英勇将士到哪里去找一件新的战利品来满足你这举世无双的贪欲呢？我还没听说过我们贮藏有什么公共财物。

那些以往打仗积累下的战利品早就分光了。想要大家把分到手的东西重新交出来，集拢到一堆，那是不可能办到的。以我说，现在就照猫的要求把那个女孩送回去，干脆，撇脱。要是我们都把心思用在怎样拿下一中上面，以后还怕没得东西分？到时你要多少就得多少，你要三倍就给你三倍，要四倍就给你四倍。”

那十二营总帅立刻回答道：“你有本事我知道，老四的宝贝崽，可是你不要痴心妄想，以为能叫我中你的奸计。我是不会被你愚弄、受你欺骗的。你说‘把那个女孩送回去’，你说得当然轻巧，因为送还的不是你自家的女孩，是我的，懂吗，是我的。你想我会乖乖地坐在这里，眼看着人家把我的东西抢走吗？不会的。要是你能找到一件新的战利品，能配得上我马上就要损失的东西，弥补我的损失，我就再没有话说。要不然，我就动手去拿你的战利品。你看别人家，我谁也不拿，我就拿你的。为什么呢，为的是你说话这么轻巧：‘把那个女孩送回去吧。’你干什么不把你手里的女孩送给我呢。我跟你没有说头。算了，这些事以后再商议，先还是找个合适的人，把矮子的女儿送回去吧。唉，总是我来顾全大局。总是我。没有一次不是。”

“我没有什么女孩。”蔡晓玉敲击着桌面说。

“你没有女孩，可你有一辆嘉陵70摩托。”

“你这下流东西，一向都是唯利是图。你怎能指望你的部下替你尽忠竭力，奉命去作战呢？至于我，并不是因为跟一中的谁有过节才来这儿参战。他们对我从来不曾有过任何侵害。连一点点不礼貌的事也没做过。我——不，应该说是我们——之所以一起过来攻打一中，为的是要讨你的好，替你兄弟俩对一中人报仇。说起来我们跟一中人有什么仇呢。还不都是因为你老弟毛刚的马子被人家拐跑了。现在你只口不提这一事实，反而来吓我，说要夺走我的战利品。人做天看，我得到的这些微薄的战利品，哪一件不是经过浴血奋战才得到的？每一次，我分到的东西都没你多。打仗时，总是叫我带头冲锋陷阵，等到分战利品了呢，又总是你占大头。你说得过去吗？你难道不应该为此感到羞愧吗？我看我待在这里也没什么意思了。我不能像个傻子一样待在这里替你积累财富，供你挥霍，到头来反而受你侮辱。我看还是带着自家人回荆林街，我不能让他们跟着我受虐。咱们，就你走你的阳关道，我过我的独木桥吧。”

“死走死走，”那十二营的总帅反斥道，“如果你觉得非走不可，就快些走，我不会求你。地球离开你又不是转不了。我还有别的好兄弟在这儿，我尊重他们，他们也会尊重我。要我说，在这十二营里，就数你这一营对我最不忠心，也最会要价。做一点点的事，就要许多。你说你打起仗来厉害，那是，全县没一个人打得过你。可就算你牛，你一个人又能牛到哪里去呢？诸位说，我说得对不对。现在你带着你的东西和士兵回你的荆林街去吧。我用不着你。你的愤怒对我来说是毛毛雨。猫儿要从我手里夺走矮子的女儿，我已经准备派人把她送过去。也就照这个样子，我要到你的营帐里光顾一次，去拿你的战利品：那辆嘉陵70。好让你，蔡晓玉，明白我的权力毕竟大过你，也好借此敲打敲打那些想效仿你的人，跟我犟嘴的下场是什么。”

这一番话刺进了蔡晓玉的心肺。有两个他在内心交锋，一个他想拔出匕首，冲过人群去刺死毛坚，一个他想控制自己，压下那愤怒中的杀机。他的匕首已抽出来一半。这时，那早已辍学的眉姐把他带到僻静处。她是吉仁泰的少妻何娜最要好的朋友。何娜对毛坚和蔡晓玉的喜爱是一样的，没听过她更喜爱哪一个，她很担心这两位二中的俊杰吵出事来。“你到这里来做什么，眉姐？是要来看毛坚有多狂吗？你看看呢，他鼻孔朝天，都狂成什么样子了。我实话告诉你，我并不是在这里说什么假话，毛坚是要拿命来抵他的蛮横无理了。”

“弟啊，别这样想，”眉姐说，“就是因为觉得你比毛坚懂事，更知道维护大局，何娜这回才教我来找你的。你要是不退让，这事以后就会成为街上几十年的笑话。人们在讲起这件让你们流血流泪的事时，都会付之轻蔑的一笑。”

“为什么总是找我，而不是他？”

“我不是说了吗，我和何娜一致认为你比毛坚更有大局意识，眼光也看得更长远。你说，这一中还没打下来，你们自己先内耗，传出去还不让人笑话？你们内耗，毛坚固然会受到侮辱，难道别人就因此高看你一眼？不也一样觉得你是个傻瘪吗？对不起，我话说重了。何娜正是因为考虑到你比毛坚情商和智商都强，才派我来找你。现在，你先把手从匕首上拿下来。听话。我现在就给你一个承诺，这也是何娜对你的承诺：将来有一天，你会得到一件比你现在损失的东西价值还大三倍的东西。”

“既然是两位姐姐的意思，我就照办。做老弟的肯听姐的话，想必姐也肯听他的话。”

“是噻，我就说我们晓玉最懂事。”在温州美发店当过几个月学徒工，后来自立门户并且不让原美发店叫温州美发店的眉姐这么说。她坐一辆人力三轮车回去了。蔡晓玉将匕首插回腰带内，可是内心的气并没有平。他走回来，嘟嘟囔囔地，说毛思本儿子毛坚的坏话。这样说着说着声音大起来。毛坚伸手指向他：“你说谁呢？”

“我说你，”蔡晓玉索性嚷起来，“你这傻瘪，长着一双狗眼，胆子却跟老鼠一样细。你从来不敢拿起武器和同学一起去战斗，或者跟谁谁谁去打埋伏。你情愿去死，也不做这些事。

你就是喜欢待在营帐里，一等有谁违抗你的命令，就去抢他的战利品。你就这点本事。现在，你给我听好了，我要发个誓。看到这根竹棍了吗？这是我战友蔡勇进医院抢救前留给我的，他用这根竹棍抽倒过三十个敌人你知道吗？起码三十个。现在我凭这根竹棍发誓，将来总会有一天，二中人个个因为我不在而骂你。他们一边等别人杀死，一边骂你这个傻瘪：本来有蔡晓玉能轻易打赢的仗，硬让你打输了。”

东街老四的儿子说完，扔下竹棍，坐回本位，听凭毛思本的儿子对他大发雷霆（无非是“你以为你是谁？”“你以为你是个什么东西？”这类的话）。这时柯刚跳出来。他是极富于口才的，话语从他舌上流出比蜜还要甜。他连留了两级，用他的话说，陪太子读书已经陪到第三拨了。现在他带着满怀的好意，从座位上站起来发言。“这实在是二中不幸的日子啊，”他说道，“菩萨和帮助菩萨设计拐走毛刚马子的线鸡，听说你们俩发生这样的争吵，不知道要怎样地开心，所有的一中人也不知道要怎样地欢呼。你们可是二中十二营大军里最重要的两位领导。现在听我说句话——比你们高两届，已经在街上混出名堂的，比如癞油、老猪、董家红，他们不是经常还回来请教我找我拿主意吗？你们呐，只要听我解劝，注定也不会吃亏上当——你呢，毛坚，不要仗着你是大元帅，就去抢人家的战利品。你知道为了得到这辆摩托，蔡晓玉付出多少？背脊骨差点都打断了。你就让蔡晓玉留着它吧；至于你，蔡晓玉，也不要再跟毛坚作对了。毛坚之所以能做到十二营的总帅，自有他的理由。说起来也只有他当得下。不信你想下，还有谁合适？既然他当了，负起这个责任，那么他就必然会比别人多一些特权。有些东西分多一些也正常。毛坚——你总是让我怀念那为我们所有街上人而死的毛思本——呐，消消你的气吧。我，柯刚，恳求你原谅蔡晓玉，他毕竟是我们队伍里最会打的，是顶梁柱和主心骨。”

“柯哥，你说话总是这么在理，哪个人能反驳？”毛坚答道，“可是这么一个人想要夺我的权你难道不知道？这可就不能含糊了。你以为他吵架是为了别的？完全不是。他就是想推翻我，好坐上我的位子，对大家发号施令。”

“你妈的瘪，你纯粹有病。”蔡晓玉说。

“别不承认。”

“我跟你说不清楚。从今以后，你去命令别人吧，不要命令我。我不是你什么人。”

“你说走已经是第二遍了，要走就快走。但是我友情提醒你，人走可以，摩托车留下。”

“我记得眉姐对我说的话，”蔡晓玉这样说时，牙齿都在打战，“我不会跟你或是别的谁打架。这辆摩托是经你手分给我的，现在随你拿走。可是我还是要说清楚，我营帐里所有别的东西，不许你抢一件。你要是抢，就试试看。到时你的血流到求知路上你姥姥家门前，就别怪我没提前通知你。”

等到这一场舌战结束，两个人就都站起来，解散了十二营统帅的集会。蔡晓玉反复说着“我要不是看在眉姐的面子上”“要不是何娜再三叮嘱”之类的话，和朋友徐松龄及手下，动身向自己的营帐走去。这边，毛坚已安排人找来龙马货车，到批发店装满一车的康师傅方便面和娃哈哈纯净水，并且让矮子女儿坐在副驾，向着矮子的布鞋厂出发。然后，当大家以为事情就这样算了时，毛坚叫来他的两个传令官兼忠顺的侍从邱勇伟和朱治华。“去老四的宝贝崽蔡晓玉的帐篷里，把那辆嘉陵70推到这里来。他要是不肯交，就说我会亲自带人去取，这样对他怕是不好。”他说。这两人接受了严厉的命令，可说是极不情愿地朝着蔡晓玉所统率的第十二营走去。几分钟的路，走了半小时。都到帐前了，伸脚就能进去，两人还是停下来抽烟。一边抽一边望着对方。他们一路上合计过多次话应该怎么说，事到临头还是难以启齿。蔡晓玉看见了，反倒是一把将他们拉进来。“推走，推走，”他说道，“跟我有仇的不是你们，是傻瘪毛坚。松龄贤弟，你赶紧去把摩托车推出来，交给两位。你们俩，我要你们做个见证：今天毛坚推走我一辆摩托，往后我要他推回十辆。而且，二中人从此要是遇上什么灾祸，你看我救还是不救？毛坚真是傻到极点了。你看二中离开我，怎么跟一中打。我管保他第一天就全军覆没。他人死了都不知道往哪里埋。”

“你说得对。”邱、朱二人见他眼眶中泪珠打转，连忙接话道。

徐松龄听了蔡晓玉的话，把嘉陵摩托车推出来，交付给邱、朱二人。那两个人就推着它回去了。蔡晓玉平时不舍得用牙膏刷牙，都用它来擦摩托车生锈的辐条，现在擦得和新的一样，却被人推走了。一想到这里，蔡晓玉泪如雨下。他离开营房，沿着建设路、人民北路、圣门路，走到青龙菜场。他要寻找因早期失身而怀孕、从而被家人永远放逐到鱼市的妈妈。一想到自己是这个脸色通红、头发铁灰、胸前像是摆了两筐粪的女人的儿子，他就羞愤不已。可现在他却只想扑在她怀里哭。找到她后，他说：“你总说我是东街老四的种。可这个老四对我一点都不关心。即使和我劈面相撞，他也不理我。”

大概是要收摊了，叫蔡龙女的可怜女人一直提着红色水管，对准案板上的鱼鳞冲洗。她谨记儿子当初的叮嘱（“别他妈和我说话了，你让我丢死人了知道吗？”），一直低着自己的头。直到从越来越响的哭泣声里听见对方对自己的依赖，她才丢下水管，脸上几乎也像是泼了一盆水那样，快步走来，抱向那特许今天可以抱的儿子。“我崽，我崽，我的好崽，”她问他道，“你为什么出这么多的眼泪？是谁欺负你了？你别一个人把事情放在心里，生闷气，你快告诉你娘。”

“你可能知道一中和我们二中打仗的事，”蔡晓玉对他的妈妈说，“我们曾经打到溢城路，在一中门口把对方打得丢盔弃甲，带回来不少战利品，包括几个女孩。毛坚，就是这坏东西，是我们老大，把长得最好看的那个挑走了。就是开布鞋厂的矮子的女儿。随后，矮子带着一笔钱，开着猫的车，拖来一车方便面和水，要赎回他女儿。大家都觉得再合适不过，可是毛坚他就是不同意。他不同意也就罢了，还去吓矮子，说要拆散矮子的骨头。你说这人狂不狂。你也知道，猫多看重矮子。矮子到猫那里一说，猫就开着消防车来，手持水枪对着我们二中人就浇。这些都是小灵通跟我说的。我回来知道这事以后，就劝毛坚把矮子女儿还回去。我真不该劝，我就是劝坏了啊。我只劝这么一句，他就立刻发火，要拿我的摩托去抵偿他的损失。你见过这么蛮横的人没有。一个人啊，他就有这么蛮横。明明是他自己惹了事，被猫逼得没有办法，只能把矮子的女儿还回去，却硬说是我让他损失掉这个女生的。”

“那摩托他已经占去了？”为娘的问。

“是啊。叫来两个还是我朋友的人，把它推走了。现在，要是你还想为你这个儿子尽点力的话，就去鸡公岭吉局长屋里，告诉他当初是谁救了他。我亲耳听人说，当初何娜、吉家的人还有吉局长的亲信，都拿举刀到处杀人的吉局长没办法，觉得无药可救，要用锁狗的大链子将他锁起来送到精神病院去。亏得你把东街最大力气的张吉隆找来，让他手拿一把钢钎，保护住吉局长，让谁也不能近身。直到吉局长像做了一场噩梦一样醒来。

“现在你去鸡公岭，坐到你老表吉局长侧边，抱住他两条腿，把这件事跟他说说。我估计你一次也没说过。我倒是听人说，吉局长几次提到，要不是你，他可能永远地丧失政治生命了。你说，一个人要是进了精神病院，还能继续当公安局长吗？你去说服他，把二中能捉的人尽量捉走。当头就是捉毛坚。我要让这个总是仗着自己是毛思本的儿子、总是吃老本的人意识到：侮辱一个像我这样的人，付出的代价会有多大。”

“我的亲崽呀，”蔡龙女哭起来说道，“早知如此，我为何要养活苦命的你呢。”她待要往下说，又将下嘴唇咬住，可是潮湿的眼睛分明已看到医生跟她讲述的一幕。三名不同地区的医生像是串通好，说这孩子活不过二十岁。死因是血液里一种重要的物质耗尽。“那种细胞不会再生，没办法治疗，也无从改善。”

他们都说。她记得自己在诊室就哭开了，说："这都是因为我啊，我千不该万不该把他生下来的。"现在，望着这自以为会长命百岁、像别人一样熬到退休去打门球的孩子，做母亲的忍不住再次泪下如雨。她立刻按照他的旨意去找远房的表兄吉仁泰。可是吉家人告诉她，吉局长去赣州参加全省公安局长大会，需要十二天后才回。她回来告诉儿子："你尽管放心，十二天后我一定再去找他，而且我有把握让他听我的话。现在，你心里即使有一千个一万个怨恨，也别发作。你就好好待在家里。"

"到时候，毛坚就是把摩托推回来请求我的原谅，也没机会了。"蔡晓玉说。

"嗯，不会再有机会了。"他娘目光中像是有火，这样说。

此处不表，却说王伟和他的部下受毛坚派遣，驾驶龙马货车，装着一车方便面和纯净水，来到矮子开在城郊严畈村的布鞋厂。车轮刚一驶过铁门前的水洼，身材矬矮然而脑袋奇大的矮子就从厂里满脸放光地跳了出来。"矮哥，"王伟说道，"毛坚叫我把你女儿送回给你，并且让我代表二中人将这一车康师傅方便面和娃哈哈纯净水送给猫哥，希望能让猫哥消消气。你也清楚，我毕竟人微言轻，哪里有资格和胆量敢去见猫哥呢。还是希望矮哥为我先容。矮哥的恩德，小弟一定不敢忘怀。"

"那也是行的，那也是行的。"矮子看见女儿从车内毫发无损地走下来，连忙跑来欢迎。然后他带着王伟来到堆满纸箱的办公室，在洗脸盆内净了手，用抹布抹干，方才捉起话筒，拨打猫的电话。“是让我昼思夜想辗转难眠的猫哥不？”矮子一边说，一边点头哈腰，“哎呀，我全县第一值得尊敬、全国也是少有、我们这些老同志老骨头无私的保护者、我们至尊的猫哥，是这么一回事，承蒙你的关心，二中那帮学生已经充分认识到自身错误，对对对，认识到了，将我女儿还回来了。现在，鉴于双方误会已经消除，他们这些学生呢，还想变坏事为好事，借这股春风，表达对猫哥你的敬意。这不拖来一龙马车的商品吗？可是他们又怕猫哥你余怒未消，不给他们改过自新的机会，因此解铃环须系铃人，又找来我这老骨头。是啊是啊是啊，正是。我呢，也没经过猫哥你老人家同意，就先答应他们了。嗯，是，是，是，那一定得是。”

挂上电话，矮子朝电话微鞠一躬，然后大张笑脸，对王伟诸人说猫哥点头了，面和水送到宾馆，交付给厨师就好，并且猫哥还说，今后有用得着这些青年才俊的时候，一定不会客气。“也就是说猫哥把我们当自家人了？”王伟无限憧憬地说。

“对呀。”矮子答应道。

“我戳我的娘，夫复何求啊，夫复何求。”

矮子这会儿叮嘱员工去市场割肉，要请他们在食堂共进午餐。王伟是懂事的人，急忙推阻，并且连拉带拽，将他矮哥拽上龙马车，去油泵厂旁的集雅轩餐厅，吃了一顿饭。饭钱是众学生凑的，过后餐厅开好收据，由王伟暂存，准备在合适的时候找毛坚报销。集雅轩馆子闻名县城，相传老板是北京全聚德烤鸭店懂得核心技术的几位高徒之一，违约跑回老家开了这间店。如今铁钩上挂着的烤鸭色泽红艳，一看就是烤得又熟又透。随着火最后一次烧旺，那光溜溜的皮上又渗出一层油来。有一滴汇聚在鸭身的尾尖，累积到一定重量才坠落。这些学生看得仔细，口腔里汁水四溢，禁不住都动静极大地吞咽起来。"真他妈瘪的淫荡，比那些小姐胯里抹的油还多。"矮子说。那天他们一直吃到酒足饭饱才罢手，过后还一边剔牙一边抽烟，好生唏嘘了一阵。餐厅的狗一直在桌底拱来拱去，硬是没有候到一根骨头，最后可以说是嗤之以鼻地离去了。等到正午过去，太阳已不是把人晒得那么头昏，他们便开车来到赤湖宾馆，解下车厢扳扣，就在后院操场卸下那一箱箱的东西。"鬼哟，这不就是我开始要送给你们的一车方便面和纯净水吗？我做了记号的，一看就认得。"矮子说。

"可不就是吗？我们哪里懂得规矩，知道送什么好？我们还不是跟着矮哥学。矮哥怎么做，我们就怎么做。矮哥怎样置办，我们也就怎样置办。总不会错的。"王伟说。

于是矮子定睛看向王伟，说："古人云，孺子可教。这话是没有说错的。"

在等待期间，东街老四英俊的儿子，一直坐在他荆林街那间漏雨老屋的背阴处，魂不守舍地和跟前人下棋。他全部的心思用在愤怒和复仇。每当在脑海处决一次毛坚，就用手中的棋子猛敲棋盘，导致所有的棋子翻落一地。"就是把摩托推回来，并且把他所有的宝贝神器都送过来，也无济于事了。"他对手下强调道。

第十二天正是周末。众多吉仁泰的亲信，无论白道黑道，提前守在县界，恭候吉仁泰归来。那辆白色桑塔纳警笛高鸣，路过界碑时并未停下，而是沿铜城大道向西继续疾驰。进城区后，在十字路口拐往北边，驶向吉宅所在的鸡公岭。一干亲信因此跳上车，呼啸着跟往城北。蔡龙女这一天自清晨起就守在人民厂路口，眼瞧着著名的一号警车尘烟滚滚地驶过，可是要到一个小时后她才敢走进吉宅。可不能在人家还在洗漱或与人寒暄时，提出自己这一重大然而又是脆弱的请求啊，她想。她的运气很好。当她迈进客厅时，单眼皮的吉局长正仰躺于沙发，用小毛巾擦拭额头。立式空调开了一会儿，通过系在出风口的耷拉的红色绸带判断，冷风还没有吹起来。当时全县有能力在家里装空调的不超过十户。她走到他身边，跪倒在地上，用她的左臂抱住他双膝，右臂擎起来摸他的腮颊。她向如今尊贵如此的他请愿："我不清楚还能不能叫你老表，我尊贵的大老表，不清楚你还记不记得我帮你的那次忙？我一向不敢跟你提及它。我对你只有这么一个人情。我怕一提起这个人情，让你轻易还了，我就再没你什么人情了。这些年，我在菜市场吃了很多苦，有时被人打得要死，有时攒了好几个月的钱白攒了被人收缴了，有时还让人拿屎拿尿来泼，你看我找你来说过么？冇。我都是忍着。我对你只有这么一个人情，我怕一用它就没了。大老表喂，好钢要用在刀刃上，用在关键时刻。今天我来找你，就是因为这件需要你还人情的事出现了。我可怜的过几年就要死的崽，被二中一帮学生联合起来欺负，又踢又打的，连学校的门都不让进。特别是那中间带头的，姓毛名坚，叫毛坚的，还抢走我崽辛辛苦苦攒钱买来的摩托车。我崽一贯忠厚老实，读书成绩也好，尊敬老师，爱护同学，别说是对人，对路上的狗都不敢得罪。冇想到，平白无故地，就遭受这么多人这么大的侮辱。我尊贵的仁泰表哥，现在，你表妹我，就是为了她的儿子，同时也是你唯一的表侄，来求你啊。你是清楚的，我什么时候求过你么？我什么时候都没求过你。我今天来求你，也是被逼无奈。我儿子总是要死的，可我也不想让他现在就死啊。你瞧瞧他在家，光是生气，就要生气死了，光是害怕，就要害怕死了。我终其一生也只求你这一次。我求你我的大表哥，请你运用手中合法的权力，将二中这帮人能抓走的都抓走。我求你替我儿报了此仇。特别是抓了毛坚。”

“这事，你不是非求不可。不要浪费了（自己的那个名额）。”吉局长说。

“非求不可。”蔡龙女说。

他不肯再说话。每天都有很多这样的人，走来，想当然地命令他办这办那，从不考虑他作为吉仁泰这个人的感受，也不考虑他作为一局之长所肩负的难处。她搂着他双膝不放，不时摇动它们。后来她哭着说：“我就知道，我在你心目中什么也不是。细时候我们玩得那么好，长大了就不是那么一回事。我就知道。”

吉局长摇头，对她的想法表示否定。

“那是怎么一回事？你要是心里还有我这个表妹，不嫌弃她是菜市场的鱼贩子，就对她点头，把这件事答应了。你这样一声不吭，让我很难过。要不然，你就直接开口跟我说不行。你开口拒绝我，不会有什么损失的。我呢，也可以从这件事明白过来，我、晓玉、我们蔡家，在你心目中到底不过是个麻烦。”

吉仁泰深感不安。正因为处在这个被烈火烧烤的位置，他懂得，对一个人轻易许诺，就是背叛另一个人；对一方轻易地答允，就是让另一方和自己结仇。“你先走吧，龙女，要不然让何娜看见了，又要跟我纠缠一夜。这件事我会细细地考虑的。一定会考虑。”他说。

“你不点头我是不会走的。”她说。

于是他艰难地点头。

“你吉仁泰点头，就意味着答应了我，要替我儿子报仇。你吉仁泰这样点头应允，是不能有欺骗、反悔和差错，是一诺千金的。”她半站起身说。他再次点头，然后极度疲惫地挥手，示意她走。那天，很多路人看见，这个被残酷的岁月和生活折磨得无比丑陋的独身女人吹起了欣然的口哨。她腰间虽然围着那沾着鱼鳞的皮裙，但人是骄傲的。“等着瞧。”她说。过了一会儿又说：“谁笑到最后谁笑得最好。”而吉仁泰在接待她后，来到正准备举办宴会的后院。在那里，所有人都从他们的椅子上站起身，对尊贵的主人表示敬意。当他走近时，没有一个敢坐着不动身；大家都站起来表示欢迎。吉仁泰到别人给他摆好的座椅上坐下，何娜很快也在他身边入席。她前倾着身子，轻声问道：“刚才，是不是卖鱼的那个鬼女人又来找你了？我跟你说了，不要和那边的亲戚来往。你也跟我保证过的，不来往不来往。可倒好，一等我背转身子，你就接待起她来了。快说，她都跟你说了什么？”

“何娜，”吉局长望着这自己已经逐渐厌倦的女人说，“请你不要对我指手画脚好吗？该让你知道的事情，你无须过问，我就会让你知道。不该让你知道，你千万别问。你应该清楚自己的权限。”

“你这是说什么话？”那牛眼睛的少妇说道，“你这人蹊跷不？我这会儿得罪你什么了？我是那种聒噪的人吗？你扪心自问，我什么时候干涉过你打主意了？我只不过是这么一说，小小地提醒一下——别被人骗了，而且过往的事实证明，蔡家人骗你又不是一回两回——你就这样吓我。你这样吓我，让我连话都不敢说了。”

“我现在警告你，”那局长揪住她一只耳朵，让那只耳朵老老实实地听他讲话，“你要再想控制我一下，我就把你轰出家门。你以为我话是乱说的，不去兑现的吗？你考虑清楚，今天你要是不开开心心地，把这些客一个个给我伺候好，你看我不一脚踢死你？”

言毕，吉局长丢下那只发红的耳朵。那生有巨目的少妇发起抖来，要过好一阵子才镇定住自己。她擦过眼泪，略微补妆后，站起来，扭动腰肢，微笑着走向每一个客人。遇见有人安抚，她又管不住眼泪涌出来，可还是露着一口皓齿，尽量笑着。这中间有个胆子大的客人，叫魏三全的，原是剧团的，颇有些缓和气氛的能力。只见他双足一跳，人就蹲在了凳子上。又一跳，来到桌上。他就这么蹲着，举起右手食指，用大家都听得见的声音说："今天是吉局长大驾返临的好日子，这样的好日子我们如饥似渴，足足盼望了十二天。好不容易等到了，我们从四面八方赶来，又开心地聚在一起。然而，因为主家两位过于坚持自己的原则，发生了一些争吵，导致局面一时不很和谐。依我看，这就是场小小的误会。我干娘何娜呢，本意是要发挥廉内助的作用，助我们局长过好人情关，不使工作受到不必要的外在因素的干扰。我们尊敬的局长呢，却觉得夫人说话本身就是干政。他们目标本来就是一致的，我看不出有什么冲突的地方。公正是吉局长您声誉所系，对您老人家来说就像本能一样重要，但也不能像那句话说的——将孩子和脏水一起泼了——将老婆和不明外人一起拒之门外吧。难不成要找张胶布贴在我干娘嘴上，让她从此一句话也不能说？我觉得这是公正扩大化的表现。我不晓得自己这番话说得对不对。对呢，大家就喝个彩；不对，就当我什么都没说。我只是觉得，干爹和干娘，干娘和干爹，为了这点细事伤和气，公家它晓不晓得？值得不值得呢？"

那些人等他说完，起哄道："卖炊饼，卖炊饼。"于是练过矮子功的魏三仝还是蹲着，东张西望一番，眼球滴溜溜地转。

他试探着伸出一只脚，足尖着地后，又跟出另一只脚。这样走上几步，觉得可以了，便像老鼠那样嘭嘭嘭地跑起圈来，脚下仿佛有尘埃升起。众人正惊奇间，只见一个空翻，他完美落在地面，变回一米七五的那个汉子。

“好。”众人喝彩。这时，汗如雨下的魏三全已提起茅台酒，给干娘、干爹和自己各倒了一盅，嘴里还在喘气呢，抢先饮了，并亮出杯底，说：“干爹，干娘，我先干为敬。”何娜举杯示意。她伸出几根手指，轻点魏三全锁骨，说：“家里还好？”

“好着呢。”

“俺爹和俺妈都好？”

“托干娘的福，好得不得了，我爹还上山斫柴呢。”

“这么大年纪去斫柴？”

“他喜欢。”

眼见着何娜坐向吉仁泰大腿而后者也拿手慢慢梳爬她大腿，魏三全才安心走开。他一会儿给这个倒酒，一会儿给那个倒酒。吉家喧闹起来，时不时传出开心的笑声。宴会一直吃到日落。大家吃得津津有味，就开始唱卡拉OK。那个年代，大家唱的最多的是童安格、谭咏麟、姜育恒和《军港之夜》。

完于2018年8月2日

育婴堂

——据蒲松龄《顾生》与胡里奥·科塔萨尔短篇《仰望星空》改写

他确信自己从未见过这间荒宅。三年多来，因为抄近路的缘故，他从市中心这座公园穿过起码有四十次，都没发现这间巨宅。今天，却见到它赫然立在眼前。要过好一阵子，他才能消化掉这种猝然相逢所带给自己的惊慌。他推开虚掩的大门，一阵风吹来，一股医院才有的福尔马林味钻进他的鼻孔。宅院有六七进，所有的门都敞开。他看见最深处有一名头发斑白的男性清洁工提着簸箕和扫帚走过。仅一瞬间，那人退回来，回看向他。他点头致意。对方没做什么表示，重新消失了。

现在想来，是一种只有在梦中才具有的勇气（有时，饮酒也会赋予人这种勇气），或者说只有在梦中才会出现的旨意，驱使他——他叫吴得虎——朝着宅院深处前进。路面是卵石铺成的，两旁的土被翻耙过，种植的植物茂盛得令人心慌，向日葵的花盘有脸盆那么大。在穿过第二道门前，吴得虎没看见一个人影。在第二道门左手边，一间厢房内，传来婴儿猫叫一般的啼声。他走到窗前，为眼前所见大感悚然。原以为房内只有一个婴孩，没想到在红地毯上，像蜂蛹一样光溜溜挤在一起的，足足有一百个。他们或坐着，或躺着，或俯卧，或膝行向前，或舔舐别人的粪便，或用手抓别人的脸，或骑压着对方。这么多人在一起，不哭不闹，一定是吃了什么药。他正愕疑间，一个满身酒气的中年人从后院小跑过来。后者面无表情地对他说:“王主任说有远客在门，果然。”

“我不认识什么王主任，我只是偶尔走进来。”他说。

“你别给脸不要脸啊。”壮汉捋起袖子，显露出腕上的文身。吴得虎不敢再发一言，任由对方抓着自己朝前走。他感觉肩骨都要被对方抓碎。

“你瞧他这样扭来扭去的，都快摔下来了。”3号床病友的家属说。

他艰难地醒来，望向窗外，下午四点多的太阳照向小区居民楼使之闪闪发光。病房的生活乏善可陈，他总是被迫望向那里。一周前他住进这家医院。在未来，这间病房将因为它不祥的名声而被迫改造成库房（有种说法是：住在里边的两位病友在同一天死亡，第一个死的带走第二个）。这会儿，他感觉喉间习习发痒。3号床病友的家属是一个见多识广的女人，她在瞬息间将套了黑色塑料袋的垃圾筒送到吴得虎嘴下。他捉着桶边，咳出豆腐干那么大一块血团。后来又擤鼻涕，擤出来的都是血。他料理清楚了，才对那五十多岁的女人致谢。

“你女朋友总是傍晚下班过来——是你女朋友么？”她说。

“是我太太。我们结婚了。然后我得了这场病。”他说。

重新躺下后，他回想起做支气管镜检查的事。主治大夫取出一根带有侦查镜头的棕色塑料管，说“忍忍啊，忍忍就过去了”，要将它插进他的鼻孔。他忍耐很久，也没有让它插进去。“你这样龇牙咧嘴的，把它挤住了。”大夫说。他们尝试三次均未成功。一旁的管床医生说：“要不放弃了吧。”管床医生姓谢。主治大夫没有理会，换了一边鼻孔重新戳插。啊，现在想起这场面，他都会下意识地朝后退缩。大夫东戳西戳的，不知为何，忽然一下，有链条锁那么粗的管子给戳进去了，好像一条蛇钻入人的身体。医生们发出释然的声音。过了一会儿，沾满血迹的管子拔了出来。他以为手术就要结束时，主治大夫又戴上新手套，取出一根比刚才还要粗的管子，说还有别的活检要取。头次取的是淋巴，这次是肺组织。大夫说：“我们还为你打了麻药，要是没打，那会更痛。”

系着紫色围裙的送餐员这会儿——得有多准时啊，悬挂在两张床之间的石英钟，指针正好指向下午五时——推着餐车进来。她是个农村姑娘，用中原口音问：“你怎么中午没吃？”

“我做完手术，吃不下。”他说。

“那明天还订吗？”

“明天照今天的订。”

她将盒饭留下，走了。她屁股很大，她自己对此很清楚。她们送餐员全睡在同一间房。工资很低，但食宿全包。

“即使没做手术，我也吃不下。这里的菜太难下咽。”他说。

“小伙子，如果条件允许，你可以换上自个儿的衣服，从后门出去，那里有几家餐馆挺不错。”患肺栓塞有一段历史的3号床病友这样建议。这是吴得虎第一次听见对方和自己说话。吴得虎躺在床上，望着天花板上一块可能是水渍的黑影，在饥饿的陪伴下重新进入梦乡。

吴得虎像鸟一样飞掠至梦境。足部刚一着地，就轻快地朝前走了好几步。不过看起来也像是中年人刚刚将他拎起来，朝前扔了一把。因为有一个人从后院奔来，催促道：“王主任叫你快点。”不一会儿，他们就到了一处殿堂。殿前东隅有一些着靛青色工服、黑布鞋的老妪，正在一个脸上压不住火的戴领带的男子的带领下，姿势笨拙地做操。她们时而立正，时而拍掌，时而齐喊口号。阶蹬上坐满穿其他颜色制服或不穿制服而佩戴徽章的人，他们对做操的老妪很瞧不起。中年人、吴得虎和催促者小跑着经过她们，来到殿内。那里摆满蒙着白布的靠背椅。六七个人半弓着身，围着坐在主席台后的一名老者说话。吴得虎想对方就是王主任了。那催促的人将他们带到此地，向老者点一点头，退下了。“你就是那未经准许进来的人？”老者说。老者穿着灰色短袖衬衣，上边两颗扣子没扣，露出凸起的胸骨来。嘴角还沾着米粒，附近放着一盘没吃完的盖浇饭，看得出这是个日理万机的人。“是你吗？”老者继续问，并且抬头打量吴得虎。吴得虎不知应该如何回答。

“你为什么——”老者正要问，看见有人将看门的保安带来，于是怒气冲天地对保安说，“一再强调过，时刻要关好门，为什么还让它敞着？”

“是这样的，尊敬的主任，”保安低着头，“是秦姨交代不着急关，她一刻钟内就会回来。秦姨说是个快活。”

“既然不关门，也该好好看着门啊。”

保安白白净净的，几十岁的人，此刻红彻面颈。

“秦姨回来了没有？”王主任又逼问道。

“还没。”保安说。

王主任盯着保安，很久不置一词。别说是保安，就是那些原本感觉还自在的旁人，也纷纷战栗起来。后来王主任拨动一颗算盘子，说:“我跟你们一一交代过，一人只做一人本分的事，在其位谋其政，不在其位不谋其政。秦姨做秦姨的事，你做你的事。秦姨有没有错？有。但错得过你何龙吗？这件事先将你停职反省，关在禁闭室，等候进一步发落，行吗？”

“行，尊敬的主任。”保安深鞠一躬，任由别人将自己带走。那原本找老者签字报账的人又围上去，被老者拨开。老者看着吴得虎，看看带吴得虎过来身上有酒气的中年人，又看看那不知怎么回到面前的催促中年人和吴得虎快些来的人。他对那催促者说:“搜搜，他身上怕是有手机。”脚下有翼的催促者走来，只用数秒就将吴得虎的诺基亚手机搜出来。

“去，不要关机，带着它四处转转，然后丢到职业大学外的大渊里。”老者交代道。只听催促者说“得嘞您呢”，飞快不见了。吴得虎想如果有人为他的失踪报案的话，警察可能会从那块大池塘找起。这时，椽桷上的一滴水，不偏不倚，坠进吴得虎眼前的瓷缸里。

一滴水打中吴得虎前额，他醒了过来。他看见天花板那里有一块洇湿了。说明二楼在漏水。在日光灯的照射下，病房炽耀如明。太太背对他，坐在床沿，正看着手机。邻床，两名来自其他科室的男医生在拆监护仪上的导联线，它们缠成一团，而且沾满灰。仅仅是将它们拆清、理顺，就花去了半小时。五根线里有三根的顶部装着电极揿钮，贴在病人的左下腹部及两根锁骨下；一根的顶部装着夹子，夹着病人右手食指；还有一根是测血压的，插在缠裹着病人右臂的灰色袖带里。接上电源后，监护仪开始噗噗有声地朝外吐气。墨黑色的屏幕显示着抖动的心电图。病人什么也没有说，什么多余的动作也不做。这是个深沉的病人，不会无故消耗自己。

在慰问的电话里，吴得虎的哥哥艾国光对吴得虎说："有些事我们改变不了，我们只能尽量做好自己，不能在自己这块放弃了。"吴得虎觉得邻床的行为，是对哥哥这番话的最好写照。

这会儿，他听见廊道传来管床医生的脚步声。她每天只来两趟，早一趟，晚一趟，每次都会用一种上扬的音调问："怎么样了啊?"他总是将身上出现的反应，事无巨细地向她汇报。她常数天不洗头，这说明他们大夫的工作很忙。她有着白里透红的好脸蛋。今天，当她走进来时，他的太太从床沿站起来，走向一边，不过眼睛没有离开手机。"有结果了么?"他问年轻的谢医生。

"病理报告不会这么快就出来，还要讨论呢。"她说。

"你吃得怎么样?"随即她问。

"哦，他吃得很好。"他的太太抢着回答。谢医生说可能需要他太太帮忙，往协和病理科送染好色的病理切片，帮助诊断。他表达了想回家住上一晚的愿望，起初被否决了。"要是在家来一场感冒那可怎么办呐？医院的条件毕竟比家里的好。”谢医生说。这时3号床那边传来一阵骚动。家属捏了十几次呼叫器，又奔向医生办公室。吴得虎觉得时间是奇异的事。在等值的时间段内，有着细长脖子的谢医生只是自然地将头扭过去，在办公室吃盒饭的男医生却已完成起立、奔跑、出门、进门等一系列动作，像群鸟飞集在3号床面前。有的捋袖子准备抢救，有的将病人的眼皮翻开。病人睁着眼，任由他们作为。直到他们当中的谁发现情况不过是监护仪的插头掉落了。谢医生准许吴得虎的太太带吴得虎回家住一晚。上车后，他扎好安全带，合上眼。

“你白天睡得还不够多吗？你不能跟我说说话吗？”太太发动车，说。吴得虎看了她一眼，重新闭眼。

王主任的座椅靠背是可以前后调节的，王主任躺向调好的座椅靠背上。

王主任说：“就让这人站在一边。”然后继续往下躺。早有准备的美容师过来，在老者胸前摊开一张理发用的白布，往老者脸上涂刷一种颜料。这时吴得虎才知道老者是有白癜风的。慢慢地，老者的一张脸变成淡金色，与颈部区分开来。美容师端详了一阵子，取过蒲扇，像厨子扇动炉火那样耐心地对老者的脸扇着。大概可以了，才捺下落地风扇的开关，让风对着老者吹。起先是三挡风，渐次调成二挡、一挡。风级转换时，美容师都要伸出手掌来感受。吴得虎预感到自己的结局并不好。然而又因为没有人将他铐起来或捆起来，他又觉得自己可能在人家的计划里被原谅了。他甚至感觉自己可以跳下主席台，沿着笔直的过道走出去。只要抬腿跨过那道门槛，就能走回到阳光里。但他没有这样做。他只是无所事事甚至是有点羞涩地站在主席台一边。台下有人在往桌子上摆放座牌。那些原本在外边阶蹬坐着“交流业务”的人三三两两走进，坐向自己的位置。会场被分为公关部、律师部、采购部、销售部、运输部、医疗部、保安部、后勤部、督察部、技术部、行政科一共十一个区域。在行政科长宣布就要进入会议状态时，殿门口传来欢快的声音：“我可以呗？”一个高大、丰腴的妇人两手各搂一名婴童，从门槛那边跳进来。“我运气好呗？上车前碰到一个，下车后又碰到一个。”她对那些围上去的同事炫耀，“你看看这伢儿，多白啊。要多白就有多白。这个呢，笑起来一对酒窝。我跟你说，伢儿不好看我真懒得抱。抱做什么呢，抱了也是做无用功。要抱就抱好销行的。”吴得虎看见那两个像人子一样放着光芒的婴童，沿着两条人臂搭就的道路，被礼节性地传来传去。喧闹惊动休息的老者。如下一席话证明了为什么老人会是这里最有权力的人：

“我既要称赞你无上的能力（说说看，还有谁比你李娟嫂更厉害的人呢），同时也要批评你这种冒险精神。指标任务固然是越快完成越好，但我们不能把全体大家的饭碗押进去对不对。我们不能认为（我知道你会说你办事万无一失，但我还是要说，一次只抱一个小孩比一次抱两个还是要安全好多、保险好多、万无一失好多）这次成功了，就代表下次还会成功。这样做是完全不可行的。这只会使我们本来安全的事业变得危险和无以为继。李娟嫂你一向是沉稳的人，我不知道我说的你同意不。我只是感觉这不是你的做事风格。咱们下不为例？”

老者坐起来说话时，那张被涂刷均匀有如殉葬者的金脸让底下发出惊呼。但他笑吟吟的态度又使他们轻松起来。吴得虎跟着轻松起来。在这山花一样烂漫的轻松的海洋里，他看见老者寻觅过来的眼神。那是一种针对非我族类的极为冰冷的眼神，仿佛在说：我们这么开心关你什么事？

这次返家将被以后发生的事证明是一次愚蠢的选择。一般人的生活像坟墓一样空洞，为着使自己在别人那里重要起来，总是做出一些忧心忡忡而荒谬的建议。医生不会这样。医生没时间废话。她说最好不要回家、不要洗澡，你就不要回家、不要洗澡。这些吴得虎都犯了。也就是从这一夜起，他感染，发烧，不得不抽出大把精力来应对咳嗽。总是咽中忽起暴痒，他来到盥洗池或垃圾筒前，将双手捧在张开的嘴前，一次次朝前咳。总是妄图利用咳嗽的力量将身体内部黏滞的痰物咳出来。总是咳不出来。有时成百上千次地这样咳，也咳不出一个结果。有时咳出来那么一点点，只不过是要告诉你它据有的面积以及它与你斗争的决心有多大。咳嗽时，吴得虎不得不一次次伸直身体，踮足而立，像有人在朝他的背部凶狠地抽打鞭子。有时咳嗽会导致腹部痉挛。一回，他终于咳出拇指大一块浓痰，还发现这绿色的稠物像蠕虫一样游动了一下。一旦有了宁静的片刻，他就想，难道还有比目前更为糟糕的处境吗？随便拿哪种生活和现在交换，他都愿意。没有比这更惨的了。他想死。

“可能不能瞒着妈妈了。”他对太太说。

“是你妈还是我妈？”她说。

“我妈。”他说。

他记得自己曾愤怒地找出一堆药，什么都吃一颗。他还想当然地吞下一汤匙植物油。很难说他是怎么睡着的。

他不合时宜的咳嗽声总是将人们的注意力招引过来，使正在汇报、听讲的他们出戏。看得出，这是一次很重要的会议。“这不是我的错。”他对自己咕哝着，也算是对他们咕哝。漫长的汇报推迟了将要降临在他身上的厄运，可他并不为此感激。他站得腿脚发酸。老者正襟危坐，倾听所有人的发言，间或做出评点。老者在会上表现出的气势与风采让人想起在国际上开会的一代外交官。可能是运输部的人，在为运输死亡率增高这一事实辩解，老者表态："这件事我不会怪你。毕竟安全是第一位的，这也是我一再强调的。只要安全，哪怕一个小孩都活不成，也是值得的。但是我们还是可以在保证安全的基础上，在一些涉及效率的细节上动动脑筋，想想办法。车厢密封是一定的，那么我们是不是可以多向车厢内打点氧气。我听说哇，那些搞水产运输的，为确保活鱼不死，会下一些药，比如硫酸铜、浮石粉。这个你们可以和医疗部商量，看到底是什么药，未成年人是不是可以用。"运输部的人很满意这个指示，说"我们研究研究"就坐下了。又有销售部的人请教，说如果有人已购小孩，妻子又成功怀孕，想退货怎么办。"那就退呗，现在小孩不是涨价了吗？"老者向众人伸出右手，笑起来，于是整个会场跟着笑起来。吴得虎还记得，一名参会女子突然站起对着小镜子补妆，抻抻有些发皱的衣角，就往外小跑。有人低声喊："带糖了没？"于是女人拍打着脑袋，歉疚地跑回来，从包内抓走几块糖和巧克力。跟着她跑出去的还有一名孔武有力的男人，应该是去协助应付意外的。"情报就是命令啊。"吴得虎听见有人这样感叹。风扇的格栅上系着一根红色丝带，它迎风飘扬、永不坠落。墙角堆累着大小奖杯数十座。吴得虎站得内心烦躁。直到一名穿白衬衣的浓眉大汉站起来，质疑他存在的意义。"我发现了一个陌生人是吧啦。我们这样继续汇报下去是不是很不好。虽然他看起来很容易走神，似乎没有认真听我们讲话是吧啦。我没别的意思。是吧啦。”浓眉大眼的人说。

“你提醒得对，是我没交代好，”老者说，“我们暂且不要管这个人掌握我们多少秘密。掌握得多，掌握得少，都一样，都是要死的。我是这样想的，我们这个会要开几天，要搞团建和加餐。团建有项内容就是提高大家胆量。请问还有什么比吃人肉更能提高大家胆量的呢。现在我们不要看他是活人，就当他是活猪吧。”

“您说得对，只不过他咳成那样，怕是病猪肉是吧啦。”大汉继续认真地说。

一切是那么荒谬，然而又是那么真实。吴得虎站在镜子前，要用很久才能甩脱噩梦所带给自己的不适感。他想将它分享给太太，旋而又想，这有什么必要呢。在驶往医院的路上，他包着嘴，试图忍住咳嗽的冲动。不过是徒劳。太太将他送到停车场后开车继续走了。他从电梯升到住院部，扶着墙来到病房。3号床的病友走了。床边码放的监护仪与行李不见了。光溜溜的地面映照着幽光。新换的床单上立着三角牌，写着：

温馨提示

请勿坐卧

还有仿佛是为着使牌子不显得空洞而添加的英语翻译：No Sitting，以及：感谢大家理解与配合。他躺下去，可是刚一躺下去就感到后悔。因为又要起来咳。也就是在这时，他看见3号床家属匆匆赶回来。她现在的步伐是如此轻松，人充满解脱了的喜气。她将床头柜的抽屉拉出来，又弯身去瞧床底，最终只发现遗留下一枚白色便壶。她掂量着它，问他需不需要。“没用过的。”她说。他在咳嗽的过程中匆匆摇头。他感觉那五十余岁的女人是像燕子一样飞走的。然后一名他没见过（或者见过而没记住）的年轻大夫端着托盘进来，要给他抽血。最后一项是抽动脉的血。“非常痛啊，要做好心理准备。”小大夫一边说，一边用大拇指不停按吴得虎腕上的血管。针头扎进去时，痛入骨髓。吴得虎禁不住“啊啊”大叫。“醒醒，你醒醒。”王主任对他说。“啊！啊！”他继续叫。“对，大声叫，这会儿你就是骂娘也是可以的。”小大夫边说边捉牢他的手。于是他闭上眼，大声叫：“我操，我操啊。”

“你醒醒，请你醒一醒，”王主任继续说，“请你正面看着我。”会议当日的议程已经结束，人们正收拾材料朝殿外走去。天色昏暗下来。傍晚时的景区是如此寂寞呀，到处都是虫鸣。有人端来煤油灯，并且点上。老者说:“我不喜欢爱迪生的电灯。”

小大夫似乎抽到一点，把那手丢开，放过吴得虎。吴得虎一个人躺在床上，听任热乎乎的泪水从眼角朝枕头上汩汩流去。像这样静静沉浸在一种自怜情绪中的好时间不多了。不久，糟糕的事情发生。饱受折磨的他在厕间决定和身体内的痰神来一个彻底了断。“你还把这当成家了。”他玩命地和那块痰战斗，最终咳炸了肺。肺块像龟壳、铁锅或者天空，顷刻间布满裂纹。然后再要咳出什么就容易了，甚至不用咳，它们自己就大口大口地往外涌了。有的有苹果那么大，有的有柚子那么大，有的只有核桃那么大。他——不是因为被眼前的局面吓到，而纯粹是因为体力不支——昏倒了。

“你现在应该很清楚，自从你的脚踩进这里，你唯一的结局就已经被决定了。这是命。这个命是你自己一手——或者说一脚——造成的。”老人说着，为自己言语中冒出的“机智”感到吃惊。说出这样的俏皮话对他可不是什么荣耀，倒是一种耻辱。接着老者说:“你说服自己了没，毕竟这是要你死。”

“说服了。”吴得虎说。

“你是怎么说服的?”

“我说服自己接受现实，不再抱幻想。”

“对，不要做梦。我发现你特别容易做梦。你不是第一个被抓住的人，甚至也不是第一个在被抓住后依靠做梦来逃避现实的人。你们想了一万种办法来躲避死亡，都不成功，最后只好将梦当成隐蔽所。你们为了证明自己不是在做梦，在梦中刻画出大量细节。你们在梦中所经历的，甚至比真实还真实。告诉我，你都梦见自己做什么了？”

“我梦见自己得了一场怪病，因而住进西什库大街的那家医院。”

“看着我，我不是梦。”

吴得虎没有去看，而是将头垂得更低。

他隐约听见在很远的地方，有一小撮人在说话。

“你瞧瞧我们不是不抢救，是抢救已经没用了。”有男人这样说。

“你们换一个有力的人来压啊。”一个女人说。他听出这是自己的母亲。

“还要多有力呢，你瞧瞧他的肋骨都要被压断了。”男人继续说。

“我只有这么一个儿子啊。”他的母亲喊道。咳，这喊声比蜜蜂的嘤嗡声还细弱。他在内心反驳道：“你明明有三个儿子。”仿佛是听见这种质疑，老妇人又拖腔拖调地哭诉：“我知道我有三个儿子啊，可是跟我姓吴的只有这一个。你们救救我这个儿子。他才活了这么一点年纪。”

“人死就死了，没什么大不了的。毛主席说过，人固有一死。”老者继续说，“现在这个时候死未必是最遗憾的，而且你面临的死法也未必是最差的。我们不会将你活活斫死，我估计你是这样设想的，看得出来你很害怕。不，我们不会让你忍受非人道主义的酷刑。我们会给你鼻孔吹一种气体。你届时配合一点，将气体深吸进去。这样你就很快睡着了。你睡着了，就对死亡毫无知觉。”

“谢谢。”吴得虎哭泣起来。起先老者还用眼神和手臂来安抚这可怜的孩子，但随着哭泣变得越来越漫长，老者就恼火了。“懦夫！”老者转动车轮，将自己移过来。这时吴得虎才知道对方半身不遂，一直坐的是轮椅。“懦夫！”老者说，“你为什么会向压制你的力量屈服，为什么不能表现得像个男人一点，告诉你，即使是现在有一幢屋朝我倒来，我也不躲避。躲避使我厌恶自己。”

“我们给他盖上白布吧。”男医生说。

完于2018年9月11日

图书在版编目（CIP）数据

骗子来到南方 / 阿乙著．一南京：译林出版社，2023.9

（阿乙作品）

ISBN 978-7-5447-9768-9

Ⅰ.①骗… Ⅱ.①阿… Ⅲ.①中篇小说－小说集－中国－当代 ②短篇小说－小说集－中国－当代 Ⅳ.①I247.7

中国国家版本馆CIP数据核字（2023）第 087830 号

骗子来到南方　阿　乙 / 著

责任编辑　侯擎昊
装帧设计　胡　苨
封面绘图　刘盛佳
校　　对　戴小娥　孙玉兰
责任印制　闻媛媛

出版发行　译林出版社
地　　址　南京市湖南路 1 号 A 楼
邮　　箱　yilin@yilin.com
网　　址　www.yilin.com
市场热线　025-86633278
排　　版　南京展望文化发展有限公司
印　　刷　镇江恒华彩印包装有限责任公司
开　　本　850 毫米 × 1168 毫米　1/32
印　　张　8.875
版　　次　2023 年 9 月第 1 版
印　　次　2023 年 9 月第 1 次印刷
书　　号　ISBN 978-7-5447-9768-9
定　　价　59.00 元